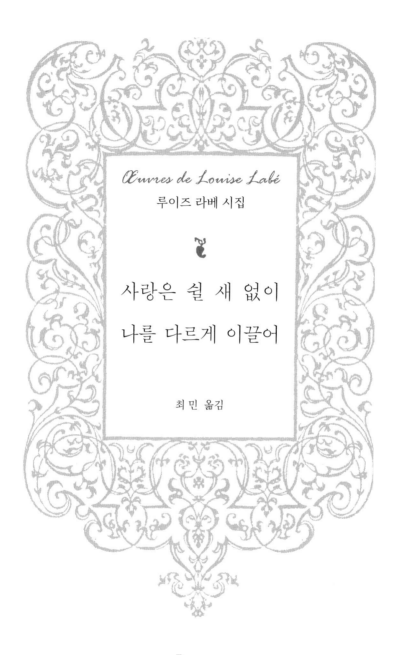

Œuvres de Louise Labé

루이즈 라베 시집

사랑은 쉴 새 없이
나를 다르게 이끌어

최 민 옮김

르네상스

일러두기

1. 외래어 표기는 외래어 표기법을 기준으로 하였으나, 인명이나 지명은 현지 발음을 우선으로 하였다. 단, 그리스 신화에서 유래한 명칭의 표기는 일반적으로 통용되는 표기를 따랐다.

2. 인용은 " ", 강조는 ' ', 저서명은 『 』, 소제목과 작품명은 「 」, 시리즈명은 〈 〉로 표시하였다.

3. 원문의 문장 중간에서 첫 글자가 대문자로 표기된 단어 중 관례적인 경우를 제외하고, 신격 또는 인격화하여 상징적인 의미로 사용된 단어는 고딕체로 표시하였다. 문장부호는 되도록 원문을 따랐으나 문장 흐름에 따라 원문과 일치하지 않을 수 있다.

4. 주석은 모두 역주이며, 르네상스 전문학자들의 견해를 부분적으로 수용하여 작성하였다.

5. 이 책은 엔조 주디치, 프랑수아 리골로 등이 펴낸 루이즈 라베 『작품집』의 주석 판본들을 기본으로 하고 초판본을 참고하여 번역하였으며, 초판본에는 산문 「광기와 사랑의 논쟁」과 당시 문인들이 저자에게 바치는 송시 24편이 실려 있으나 이 책에서는 생략하였다. 번역에 참고한 판본들의 서지정보는 「판본 소개」에 실었다.

6. 「소네」와 「엘레지」는 초판본의 원문을 함께 실었으며, 원문은 르네상스 시대 프랑스어로 현대 프랑스어와 차이가 있다.

7. 서문 격의 「리용의 여인, 클레망스 드 부르주 아씨께」와 「엘레지」는 원문에서 문단의 구분이 없으나, 이 책에서는 독서의 편의를 위해 역자가 임의로 단락을 나누었음을 밝혀 둔다.

LOISE LABBE LIONNOISE

옮긴이의 말

여기, 우리말로 첫선을 보이는 이 시집은 프랑스 르네상스 문학
에서 가장 유명한 여류 시인 루이즈 라베의 『작품집』에 수록된 헌정
서한과 시를 옮긴 것이다. 이 책의 초판본은 1555년에 출간되었다.
같은 책에 실렸던 산문 대화편인 「광기와 사랑의 논쟁」은 제외하
였다. 당대에는 높은 인기를 누리며 관심을 받았던 작품이지만, 지금
우리에게는 그만큼 흥미를 주는 내용이 아니며, 이 책에 실린 다른
내용과도 어울리지 않는 논리적 변론을 담은 건조한 작품이라고 판
단했기 때문이다.

루이즈 라베의 『작품집』은 1555년 초판본이 출간된 이후 1556년
에 재판본, 18세기와 19세기에 추가 판본들이 몇 차례 간행되었다.
본격적으로 영어 번역본이 출간된 것은 1925년이며, 1980년대에 학
술적 의미를 담은 비평적 주석 판본들이 나오고 1990년대와 2000년

이후 최근까지 연구 문헌이 다수 발표되며 주목받고 있다. 판본과 문헌들에 대한 더 구체적인 정보는 이 책 말미에 첨부한 「판본 소개」와 「참고 문헌」에서 찾아볼 수 있다.

16세기에 활동했던 루이즈 라베가 20세기 후반에 이르러 새삼 재조명, 재평가된 이유는 무엇일까. 프랑스에서도 그렇지만 특히 영어권에서 그 경향이 강하게 드러났는데, 이는 페미니즘 계통의 문화 운동이 한몫한 결과인 듯하다. 라베는 페미니즘 운동이 시작된 19세기보다도 한참 전인 16세기에 살았는데, 그때 이미 여성주의 관점에서 그 시대 다른 여성들에게 자신의 삶을 살기를, 학문 연구와 자신의 이야기를 쓰는 데에 몰두하기를 독려하였다. 바로 이 지점이 루이즈 라베의 삶과 그녀의 작품에 20세기 후반 학자들이 주목하고 갈채를 보내는 이유일 것이다.

라베는 생전에 '아름다운 유녀'라는 달갑지 않은 별명으로 불리며, 비난과 조롱을 받았다. 시를 통해 본인 스스로 고백했던 과감한 삶의 방식이 역측과 오해를 일으켜 오히려 비난의 구실이 되었다. 그랬던 이 시인이 훗날 이토록 많은 호응을 받게 된 것은, 유려한 필치로 표현한 거침없는 욕구 속에서 발견되는 순수한 의지를 드디어 알아봐 주는 시대가 되었기 때문일 것이다.

또다시 입 맞춰 줘요, 다시 맞춰 줘요, 맞춰 줘요,

그대 가장 감미로운 입맞춤을 내게 주세요,

그대 가장 사랑스러운 입맞춤을 내게 주세요,

달아오른 숯불보다 뜨거운 네 번의 입맞춤을 그대께 돌려 드리리니.

「소네 18」 중에서

이런 구절들 앞에서 나는 외설이나 방탕 같은 편견을 떠올리기보다 오히려 심리적 경계가 무너지며 정화되는 듯한 느낌을 받는다. 그리고, 그다음엔 또 어떤 표현으로 순수한 행보를 이어갈지 궁금해진다. 이런 내 마음의 연유는 루이즈 라베의 시가 프랑스와 미국에서 다시금 갈채의 대상이 된 이유와 다르지 않을 것이다. 그것은 금기를 위반해 가며 고생을 자초했던 그녀의 불행에 공감해서라기보다 그 용감함을 지탱해 준 순수함에 대한 그리움 때문일 것이다. 따지고 보면 순수함을 추구하는 것은 곧 시의 본질을 지향하는 것이 아닌가? 나는 때때로 루이즈 라베의 시를 앞에 두고 시의 근원에서 흘러나오는 목소리를 듣는 듯한 느낌을 받았다.

생각해 보면 내가 처음 루이즈 라베를 알게 된 것도 그런 순수함에 대한 그리움이 동기였다. 대학에서 프랑스 문학을 가르치면서 이따금 익숙하고 많이 접하던 것들에서 벗어나고 싶을 때가 있었다. 새로운 것을 곁눈질하고픈 마음을 좇다가 그랬는지, 혹은 그저 막연히 좀 더 다른 문학을 만나고 싶어서였는지, 그때 르네상스 시대를 잠시 들여다보았다.

프랑스 르네상스를 대변하는 문학으로 줄곧 소개되어 온 플레야드파의 롱사르나 뒤벨레는 그 뻔한 레토릭 때문에 여전히 마음속에서 거리가 좁혀지지 않았고, 그보다는 모리스 세브가 대변하는 리용학파에 관심이 쏠렸다. 그러나, 449편의 연애시로 이루어진 그의 대표작 『델리*Délie*』는 그 추상적이고 형이상학적인 세계가 대단히 존중할 만하다고 느껴지기는 했지만, 마음을 움직이지는 않았다. 그러다학생 시절 이름만 들어 알고 있었던 루이즈 라베를 만났다.

그녀에게서 나는 다른 시인에게서 느끼지 못했던 새로운 언어의 결을 느꼈다. 고도로 정제된 언어를 수없이 고쳐 단단한 작품을 만들어 낸 것 같지는 않았지만, 그보다 더 큰 울림을 느낄 수 있었다. 상상력과 언어의 자발성과 자연스러움이 바탕을 이룬, 매우 완성된 시를 만났다는 생각에 몹시 설레었다. 보들레르나 베를렌, 말라르메나 발레리, 네르발이나 아폴리네르의 시를 만났을 때도 이런 경탄을 한 적이 있었다. 하지만 그다지 알려지지도 않은 저 옛날 여류 시인의 시에 이렇게 크게 감동할 줄이야.

그러나 루이즈 라베의 시를 금방 쉽게 읽을 수 있었던 것은 아니다. 르네상스 시대의 프랑스어를 공부한 적이 없었으니, 처음에는 행을 건너뛰며 그저 느낌으로 이해하는 수준이었다. 그러다 르네상스 프랑스어를 공부하는 교재로 삼으면 어떨까 하는 생각이 들었고, 우리말로 옮기는 작업을 시작했다. 그렇게 번역 초고를 완성해 놓고 한참 오랜 시간이 지났다.

그동안에는 그토록 많은 오역을 품었는지도 모르고, 이따금 한두 문장씩 혼자 되뇌며 지냈다. 이번에 기회가 되어 이 책의 출간을 준비하며 그때의 서툰 번역 초고를 다시 꺼내 읽고 많은 부분을 바로잡아 고쳤다. 하지만 여전히 르네상스 프랑스어 본연의 느낌을 살리는 적절한 우리말을 찾아내어 옮기는 데는 한계가 있었음을 고백한다.

루이즈 라베는 출판을 강권하는 동료들에게 '거기서 생길 창피의 절반을 뒤집어써야' 할 거라고 협박했다 한다. 이제 나는 누가 인정해 준 적도 없는 부족한 번역으로 그 '창피'를 혼자 뒤집어쓸 각오를 해야 하지만, 부끄러움은 잠시 접어 두기로 한다. 대신 루이즈 라베의 시를 사랑하며 긴 시간 동반자처럼 함께했던 만큼 부족하나마 그 마음을 마침내 우리 언어로 처음 소개할 수 있음에 감사하기로 한다.

내년 2024년은 루이즈 라베 탄생 500주년을 기념하는 해가 될 것 같다. 루이즈 라베의 출생연도는 1520년대 초반 어느 해일 것이라 추정되지만, 일반적으로 1524년으로 가정하기 때문이다. 프랑스 학술원이 주도하는 2024년 국가 기념 리스트에는 루이즈 라베의 이름이 올라 있다. 프랑스 교육부는 2024년 문학 교사 자격시험 프로그램에 루이즈 라베의 작품을 포함하였다. 2년 전인 2021년에는 갈리마르 출판사가 펴내는 그 유명한 〈플레야드 도서관 총서〉 시리즈 중 한 권으로 루이즈 라베의 작품집이 나왔다. 작품의 분량이 많지 않은데도 『루이즈 라베 전집』이라는 이름으로 이 총서의 한 자리를 차지한 것은 이례적인 일이며, 이는 루이즈 라베가 권위 있는 고전 작가 반열에 올랐음을 공인한 것이나 다름없다. 의도한 것은 아니지만 오래 품고 있다 뒤늦게 내놓게 된 나의 번역이 500년이라는 특별한 시간의 끝에 자리 잡게 되어 다행이다.

끝으로 르네상스 출판사와 김태희 편집장께 각별한 사의를 표한다. 생소한 문학의 가치를 알아보고, 나아가 좀 더 자연스러운 구문과 표현을 얻는 데 애써 주셨다. 이 책에는 그 지혜와 노고가 곳곳에 배어 있다.

2023년 8월

최 민

차 례

리용의 여인, 클레망스 드 부르주 아씨께[1]

이제 더 이상 남성들이 가혹한 법으로 여성들이 학문과 교육에 전념하는 것을 막지 않는 시대가 왔습니다. 그러니, 존경스러운 분이여, 편의를 누리게 된 우리 여성들은 예전에 그리도 열망했던 이 어엿한 자유를 그것들을 익히는 데 활용하고, 우리에게 올 수도 있었던 미덕과 영예를 빼앗음으로써 남성들이 우리에게 저질렀던 잘못을 그들에게 보여 주지 않으면 안 될 것입니다. 그리고, 어떤 여성이 자기 생각을 글로 표현할 수 있는 정도에 도달한다면, 그녀는 그것을

---

[1] 원문은 'A M.C.D.B.L.'이며 'A Mademoiselle Clémence de Bourges, Lyonnaise'의 약자이다. 루이즈 라베는 클레망스 드 부르주에게 보내는 서한의 형식을 빌려 작품집의 서문을 대신하였다. 클레망스 드 부르주는 리용학파의 일원이지만 작품이 남아 있지는 않다. 루이즈 라베보다 6세 혹은 8세 연하였지만, 더 높은 신분에 속했고 라베의 후원자였다.

공들여 행하고 영광을 무시하지 않아야 합니다. 팔찌나 반지, 화려한 의상이 아닌 그것들로 스스로 치장할 수 있어야 합니다. 그런 장식들은 관습에 의해서밖에는 진정 우리 것으로 인정받을 수 없습니다. 그러나, 학문이 우리에게 가져다줄 영예는 온전히 우리 것이 될 것입니다. 교묘한 도둑질이나, 적들의 힘이나, 시간의 긴 흐름이 우리에게서 그것을 앗아 가지 못할 것입니다.

만일 제가 하늘의 혜택을 많이 입어, 저의 정신이 부러워했던 그것을 아우를 수 있을 만큼 충분히 큰 정신을 가졌더라면, 저는 여기서 충고를 하기보다는 몸소 모범을 보여 줄 수도 있었을 것입니다. 그러나, 제 젊은 시절 많은 시간을 음악을 연습하는 데 보내 버린 데다, 지금 제게 남아 있는 인생이 제 이해력의 못남에 비하면 너무 짧음을 깨달았습니다. 그리고 제가 우리의 성性에 기대하는(미에서뿐 아니라 학문과 미덕에서도 남성들을 넘어서거나 그들에 필적하고자 하는) 성실한 바람을 저 혼자서는 만족시킬 수 없는 까닭에, 저는 다른 일은 할 수 없고, 단지, 존경하는 숙녀들께, 당부를 드리려 합니다. 물레와 가락을 넘어서서 정신을 조금 드높여 주시고, 우리가 명령을 내리기 위하여 태어난 존재들이 아닌데도 우리를 지배하고 복종을 원하는 사람들에게, 우리가 가사에서나 마찬가지로 공무에서도 동반자로서 경멸받아서는 안 되는 존재임을 알아듣게 애써 주세요. 그러면, 우리들의 성이 그런 일에서 명성을 얻는 것 말고도, 공공적인 가치가 있는 일을 하게 되는 것입니다. 언제나 거의 모든 분야에서 더 우월하다고 주장하던 남성들은 여성들이 자신들을 앞지르지 않을까 두려워, 고상한 학문[2]에 보다 많은 수고와 연구를 하게 될 테니까요. 그러기 위해, 우리는 너도나도 그 고귀한 시도에 달려들어야 할 것입니다. 이미 여러 가지 다양한 장점이 드러났던 당신의 정신을, 젊음과 그 밖의 운명의 혜택을 그 시도로부터 멀리 두지도, 아끼지도 않아야 합니다. 그래야, 문예와 학문이 그 추종자들에게 익숙히 가져다주는 영예를 획득할 수 있습니다.

명성과 영예가 얻어진 다음 권장할 만한 무엇이 있다면, 문예의 연구가 흔히 가져다주는 즐거움이며, 그것을 우리 각자가 느끼도록 부추겨야 합니다. 그것은, 우리가 원하는 동안 몰두하다가, 시간을 보냈다는 것 말고는 다른 아무것도 자랑할 수 없는 여타의 오락과는 다릅니다. 연구의 즐거움은 더 오랫동안 머무는 자기만족을 우리에게 남겨 줍니다. 왜냐하면, 과거는 우리를 즐겁게 하며, 현재보다 더

---

2) sciences vertueuses. 오늘날의 인문학을 포함한 순수 학문을 뜻한다.

쓸모가 있기 때문입니다. 그러나 감각[3]의 즐거움은 곧바로 소실되어 버리고 영영 다시 돌아오지 않으며, 때로는 행위가 유쾌했던 만큼 그 기억은 더욱 마음 아픈 것이 됩니다. 게다가, 다른 종류의 쾌락이라면 더욱 그런 결과를 낳게 되지요. 그 어떤 추억이 남는다 한들 우리가 전에 지녔던 마음가짐으로 우리를 되돌릴 수는 없으며, 아무리 강한 상상을 우리 머리에 새겨 둔다 한들 그것은 우리를 속이고 홀리는 과거의 한 그림자에 불과합니다. 우리는 그것을 잘 알고 있습니다.

그러나 어쩌다 우리 생각을 글로 옮겨 놓고 나중에, 오랜 시간이 지난 후 그 글을 꺼내 들고 다시 볼 때는, 아무리 그사이에 우리의 뇌 속에서 무수한 사건들이 끊임없이 요동하며 스쳐 갔어도, 우리가 전에 처했던 바로 그 지점, 바로 그 성향에 되돌아오곤 합니다. 그때 우리의 행복은 우리를 두 배의 존재로 만들어 줍니다. 왜냐하면, 우리가 썼던 소재에 관해서건, 우리가 몰두했던 학문의 깨달음에 관해서건, 우리는 우리가 지녔던 과거의 즐거움을 재발견하기 때문입니다. 더욱이, 그것 말고도, 먼젓번 생각들에 대해 다음번 생각이 행하는 판단이 우리에게 어떤 독특한 만족을 안겨 주기 때문입니다.

---

3) sentiments. 르네상스 시대에는 '감각'이라는 뜻으로 사용되었다.

글을 쓰는 데서 유래하는 이 두 가지 좋은 점이 당신을 거기 부추겨야 합니다. 첫 번째 좋은 점은, 당신의 모든 다른 행위나 삶의 방식에서도 그렇듯이, 당신이 글을 쓰는 데에 틀림없이 따르게 되리라는 것을 당신이 확신하는 만큼 당연한 것입니다. 두 번째 좋은 점은, 당신이 쓰는 소재가 당신을 즐겁게 해 주는 것이냐에 따라 다르므로, 그것을 얻을 것인지 아닌지는 당신에게 달려 있습니다.

저로 말하자면, 이 젊음의 기록들을 처음으로 썼을 때나 그 후 다시 그것을 볼 때나, 거기서 쓸 만한 시간 보내기와 한가로움을 피할 수단 이외의 것은 아무것도 찾지 않았고, 저 이외의 다른 사람이 그것을 봐야 한다는 의도는 전혀 갖지 않았습니다. 그러나, 제 친우 중 몇 사람이, 제가 전혀 아무것도 모르는 사이 그것을 어찌하여 읽게 된 다음, 제가 그것을 세상에 내놓아야 한다고 믿게 하였고(우리는 칭찬해 주는 사람의 말을 얼마나 손쉽게 믿는 것인지), 저는 그들에게 거기서 생길 창피의 절반은 뒤집어써야 한다고 협박을 하면서도, 그들을 거절할 수 없었습니다.

여성들이 대중 앞에 좋다고 홀로 나서지는 않는 까닭에, 저의 인도자 역할을 해 주실 분으로 당신을 택하면서, 이 작은 책을 바치니,

오랜 시절 당신께 품어온 존경의 뜻이 분명히 전해지기를 바랍니다. 그리고,

이 초라하고 제대로 세워지지 않은 저작이 당신을 자극하여,

한층 잘 다듬어지고 뛰어나게 우아한 다른 책을

세상에 내놓으실 마음이 일기를 바랍니다.

하느님이 당신의 건강을 돌보시기를.

리용에서, 1555년 7월

오늘 24일

당신의 보잘것없는 친구 루이즈 라베

제1부

소 네

Sonnets

I

Non havria Ulysse o qualunqu'altro mai
Piu accorto fù, da quel divino aspetto
Pien di gratie, d'honor et di rispetto
Sperato qual i sento affani e guai.

Pur, Amour, co i begli ochi tu fatt'hai
Tal piaga dentro al mio innocente petto,
Di cibo et di calor già tuo ricetto,
Che rimedio non v'è si tu n'el dai.

O sorte dura, che mi fa esser quale
Punta d'un Scorpio, et domandar riparo
Contr'el velen' dall'istesso animale.

Chieggio li sol'ancida questa noia,
Non estingua el desir à me si caro,
Che mancar non potra ch'i non mi muoia.

1[1]

아무렴, 율리시즈마저도, 그보다 더 아는 것이 많은
그 누구도, 우아와 영예, 존경으로 넘치는
그의 신성한 모습을 보고서,
내가 느낀 온갖 번민과 아픔을 예견하지 못했으리.

다만, 사랑[2]이여, 그대 고운 눈으로
내 무고한 가슴에 그토록 큰 상처를 만들어 놓고,
그 상흔은 벌써 양분과 열을 주어 그대를 키우나니,
그대가 주지 않으면 약이 없어라.

오 가혹한 숙명이여, 전갈의 독침에 찔린 듯이
나를 만들어 놓고, 바로 그 벌레의 독으로
아픔을 가라앉혀 달라 애원하게 하는구나.[3]

비나니 단지 그 독이 이 괴롬만을 끝내되 욕망은 끄지 말라,
그 욕망 내게 너무도 귀하여,
나 그것 없이는 죽을 수밖에 없으니.

II

O beaus yeus bruns, ô regars destournez,

O chaus soupirs, ô larmes espandues,

O noires nuits vainement atendues,

O jours luisans vainement retournez :

O tristes pleins, ô desirs obstinez,

O tems perdu, ô peines despendues,

O mile morts en mile rets tendues,

O pires maus contre moy destinez.

O ris, ô front, cheveus, bras, mains et doits :

O lut pleintif, viole, archet et vois :

Tant de flambeaus pour ardre une femmelle !

De toy me plein, que tant de feus portant,

En tant d'endrois d'iceus mon coeur tatant,

N'en est sur toy volé quelque estincelle.

오 아름다운 갈색 눈, 오 돌아선 시선,

오 뜨거운 한숨, 오 번져 흐른 눈물,

오 헛되이 기다린 새카만 밤들,

오 헛되이 되돌아온 빛나는 대낮들.

오 서글픈 한탄, 오 끈덕진 욕망,

오 잃어버린 시간, 오 쏟아부은 고통,

오 즈믄⁵⁾ 덫에 걸린 즈믄 죽음들,

오 내게 운명으로 던져진 더 못된 악들.

오 웃음, 오 이마, 머리칼, 팔들, 손과 손가락들,

오 한탄하는 류트, 비올, 활과 목소리,⁶⁾

계집을 타오르게 할 만큼 너무도 넘치는 횃불들!

그대에 대해 나는 불평하나니, 그 많은 불을 싣고 와,

곳곳에서 그것으로 그대 내 가슴을 떠보건만,

그대에겐 한 조각 불티도 날아가지 못하네.

III

O longs désirs, O esperances vaines,

Tristes soupirs et larmes coutumieres

A engendrer de moy maintes rivieres,

Dont mes deus yeus sont sources et fontaines :

O cruautez, o durtez inhumaines,

Piteus regars des celestes lumieres :

Du coeur transi o passions premieres,

Estimez vous croitre encore mes peines ?

Qu'encor Amour sur moy son arc essaie,

Que nouveaus feus me gette et nouveaus dars :

Qu'il se despite, et pis qu'il pourra face :

Car je suis tant navree en toutes pars,

Que plus en moy une nouvelle plaie,

Pour m'empirer ne pourroit trouver place.

3

오 긴 욕망, 오 헛된 바람,
서글픈 한숨과 익숙한 눈물,
이 몸을 수도 없는 강물로 만들어
내 두 눈은 그 샘과 우물이 되는구나.

오 무정, 인정머리 없는 냉담,
천상 빛들의 가련한 시선들,
식어 버린 가슴의, 오 첫 정념들,[7]
너희들은 아직도 내 고통을 키우려느냐?

또다시 사랑은 이 몸에 활을 시험하라,
이 몸에 새로운 불길과 새로운 창을 던지라,
분노에 차, 제가 할 수 있는 더 나쁜 노릇을 하라.

알고 보면 나는 전신이 그리도 비통해,
이 몸속에 새로운 상흔이
이 몸 더 망치러 와도 자리를 못 잡으리니.

IIII

Depuis qu'Amour cruel empoisonna

Premierement de son feu ma poitrine,

Tousjours brulay de sa fureur divine,

Qui un seul jour mon coeur n'abandonna.

Quelque travail, dont assez me donna,

Quelque menasse et procheine ruïne :

Quelque penser de mort qui tout termine,

De rien mon coeur ardent ne s'estonna.

Tant plus qu'Amour nous vient fort assaillir,

Plus il nous fait nos forces recueillir,

Et toujours frais en ses combats fait estre :

Mais ce n'est pas qu'en rien nous favorise,

Cil qui les Dieus et les hommes mesprise :

Mais pour plus fort contre les fors paroitre.

4

모진 사랑이 그 불길로
처음 내 품에 독을 쏟은 이래,
내 가슴 단 하루도 떠나지 않는
거룩한 노여움으로 나 언제나 불타올랐네.

내게 엄청나게 쏟아 댄 그 어떤 노고로도,
그 어떤 위협과 금방 닥칠 파국으로도,
모든 것을 끝장내는 그 어떤 죽음의 생각으로도,
그 어느 것으로도 내 열띤 가슴은 놀라지 않았네.

사랑은 우리를 더 세게 덮치러 올수록
더욱더 우리에게 힘을 그러모으게 하여,
언제나 제 전투에 생생하게 나서게 하네.

하지만, 그것은 신도 인간도 우습게 여기는 그가,
어느 면에서도 우리에게 호의를 지녀서가 아니라,
힘센 자들을 누르고 더 세게 나타나려는 것일 뿐.

V

Clere Venus, qui erres par les Cieus,

Entens ma voix qui en pleins chantera,

Tant que ta face au haut du Ciel luira,

Son long travail et souci ennuieus.

Mon oeil veillant s'atendrira bien mieus,

Et plus de pleurs te voyant gettera.

Mieus mon lit mol de larmes baignera,

De ses travaus voyant témoins tes yeus.

Donq des humains sont les lassez esprits

De dous repos et de sommeil espris.

J'endure mal tant que le Soleil luit :

Et quand je suis quasi toute cassee,

Et que me suis mise en mon lit lassee,

Crier me faut mon mal toute la nuit.

5

하늘들을 넘나드는 밝은 비너스[8]여,
그대 얼굴이 하늘 가장 높은 데서 빛나는 한,
길고 지겨운 노고와 근심을 넓두리에 담아
노래할 제 목소리를 들어주소서.

잠자지 못하는 제 눈은 더욱 처연히,
그댈 보며 더 많은 눈물을 뿌릴 거예요.
제 침대는 더욱 눅눅하게 눈물에 젖을 거예요,
그 노고의 증인 그대 두 눈을 보면서.

그리하여, 정신이 지친 인간들은
부드러운 휴식과 잠을 빼앗길 거예요.
태양이 비치는 한 나는 병을 참으나,

내 전신이 거의 부서지는 때,
내 침대 위에 지쳐 떨어지는 때,
밤새 내 병을 외쳐 댈 수밖에 없어요.

VI

Deus ou trois fois bienheureus le retour

De ce cler Astre, et plus heureus encore

Ce que son oeil de regarder honore.

Que celle là recevroit un bon jour,

Qu'elle pourroit se vanter d'un bon tour

Qui baiseroit le plus beau don de Flore,

Le mieus sentant que jamais vid Aurore,

Et y feroit sur ses levres sejour !

C'est à moy seule à qui ce bien est du,

Pour tant de pleurs et tant de tems perdu :

Mais le voyant, tant lui feray de feste,

Tant emploiray de mes yeus le pouvoir,

Pour dessus lui plus de credit avoir,

Qu'en peu de tems feray grande conqueste.

6

두 번이고 세 번이고 행복하여라 그 밝은
별의 돌아옴은,[9] 그리고 더더욱 행복하여라
그 눈이 바라봐 주었기에 영광을 입는 것은.
그녀는 얼마나 좋은 날을 맞이할까,

오로라도 결코 본 적 없는, 좋은 향내의,
플로라의 가장 고운 선물에[10] 입 맞추는
멋진 행운을 그녀가 뽐낼 수 있고,
거기 그의 입술 위에서 머물기만 한다면!

이 행복은 오직 내게만 돌아와야 하는 법,
그토록 많은 눈물과 그토록 많은 시간을 버렸기에.
하지만, 그를 보니, 그에게 아주 큰 잔치 베풀어야지,

그에게서 더 큰 믿음을 얻기 위하여
내 두 눈의 효력을 몽땅 발휘해야지.
그리하여 잠깐 사이에 커다란 승리를 거두고 말게끔.

VII

On voit mourir toute chose animee,

Lors que du corps l'ame sutile part :

Je suis le corps, toy la meilleure part :

Ou es tu donq, o ame bien aymee ?

Ne me laissez par si long tems pámee,

Pour me sauver apres viendrois trop tard.

Las, ne mets point ton corps en ce hazart :

Rens lui sa part et moitié estimee.

Mais fais, Ami, que ne soit dangereuse

Cette rencontre et revuë amoureuse,

L'acompagnant, non de severité,

Non de rigueur : mais de grace amiable,

Qui doucement me rende ta beauté,

Jadis cruelle, à present favorable.

7

몸에서 미묘한 부분인 넋이 떠나면,
생명 있는 온갖 것이 죽는 것이 보이죠.
나는 몸, 그대는 한결 더 귀중한 넋[11]
그대는 대체 어디 있나요, 오 사랑하는 넋이여?

그리 오래 나를 질식하게 하지 말아요,
나중에 구하러 온다면 그때는 너무 늦으니.
아아! 그대 몸을 이런 위험에 방치하지 말아요.
이 몸에 지닐 몫, 존경스러운 반쪽을 돌려줘요.

하지만, 님이여, 이 사랑의 만남, 사랑의 재회[12]를
위태롭지 않게 해 줘요,
엄격함도 아니고 근엄함도 아니고,

사랑스러운 은총을 함께 데리고 와,
예전에는 무정했어도 이제는 너그러운,
그대 아름다움을 다정히 내게 돌려주어요.

VIII

Je vis, je meurs : je me brule et me noye.

J'ay chaut estreme en endurant froidure :

La vie m'est et trop molle et trop dure.

J'ay grans ennuis entremeslez de joye :

Tout à un coup je ris et je larmoye,

Et en plaisir maint grief tourment j'endure :

Mon bien s'en va, et à jamais il dure :

Tout en un coup je seiche et je verdoye.

Ainsi Amour inconstamment me meine :

Et quand je pense avoir plus de douleur,

Sans y penser je me treuve hors de peine.

Puis quand je croy ma joye estre certeine,

Et estre au haut de mon desiré heur,

Il me remet en mon premier malheur.

8[13]

나는 살아 있고 죽어 가네, 불에 타오르고 물에 빠져 허우적
거리네.
추위를 견디면서 한없이 뜨거워하네.
삶은 내게 너무도 부드럽고 너무도 억세네.
나는 기쁨과 뒤범벅된 큰 시름에 잠겨 있네.

돌연 나는 웃고 눈물지으며,
즐거움에 싸인 채 수많은 비탄의 고통을 견디고 있네.
내 행복은 떠나는데 영원히 지속되네.
단번에 나는 말라 죽고 푸른 잎에 덮이네.

이렇게 사랑은 쉴 새 없이 나를 다르게 이끌어,[14]
내가 더 많은 고통을 지녔다고 생각해도,
생각지도 못한 채 나는 괴로움에서 벗어나 있네.

그러다 내 환희가 확실하다 믿는 순간,
내 욕망해 온 행복의 높이에 와 있다고 믿는 순간,
사랑은 나를 처음의 불행으로 옮겨다 놓네.

IX

Tout aussi tot que je commence à prendre
Dens le mol lit le repos desiré,
Mon triste esprit hors de moy retiré
S'en va vers toy incontinent se rendre.

Lors m'est avis que dedens mon sein tendre
Je tiens le bien, où j'ay tant aspiré,
Et pour lequel j'ay si haut souspiré,
Que de sanglots ay souvent cuidé fendre.

O dous sommeil, o nuit à moy heureuse !
Plaisant repos, plein de tranquilité,
Continuez toutes les nuiz mon songe :

Et si jamais ma povre ame amoureuse
Ne doit avoir de bien en verité,
Faites au moins qu'elle en ait en mensonge.

9

눅신한 침대 속에서 갈망했던 휴식을
취하기 시작하자마자,
내 서글픈 정신은 몸에서 빠져나와
그대를 향해 떠나고 가눌 수 없이 되누나.

그러자 내 따스한 가슴 속에서
그리도 열망하던 행복을 움켜쥔 것 같아라.
그것을 가지려 그리도 높이 한숨을 쉬었으니,
얼마나 많은 흐느낌을 자주도 터뜨리는 것 같았나.

오 부드러운 잠이여, 오 내게 행복한 밤이여!
조용함으로 넘치는 즐거운 휴식이여,
숱한 밤들을 보내며 내 꿈을 계속하라.

사랑에 빠진 내 가엾은 넋이 결코
행복을 진실 속에서 얻을 수가 없다면,
한낱 거짓 속에서라도 얻게 해 다오.

X

Quand j'aperçoy ton blond chef couronné

D'un laurier verd, faire un Lut si bien pleindre,

Que tu pourrois à te suivre contreindre

Arbres et rocs : quand je te vois orné,

Et de vertus dix mile environné,

Au chef d'honneur plus haut que nul ateindre,

Et des plus hauts les louenges esteindre :

Lors dit mon coeur en soy passionné :

Tant de vertus qui te font estre aymé,

Qui de chacun te font estre estimé,

Ne te pourroient aussi bien faire aymer ?

Et ajoutant à ta vertu louable

Ce nom encor de m'estre pitoyable,

De mon amour doucement t'enflamer ?

10

그대 금빛 머리에 푸른 월계관을 쓰고,

류트를 그리도 멋지게 한탄하게 해,

나무도 돌도 그대를 따르지 않을 수 없게 함을[15)]

내가 발견할 때, 그대가 멋진 장식을 하고,

많고 많은 덕으로 에워싸인 채,

더할 나위 없이 높은 영예의 꼭대기에 다다르고,

높디높은 사람들의 찬사를 멈추게 하는 걸 내가 볼 때,

그때 내 가슴은 제 속에서 뜨겁게 타올라 말한다.

그대를 사랑받는 존재로 꾸며 주고,

누구에게나 존경받게 하는 그 숱한 덕이,

그만큼 그대를 사랑에 빠진 사람으로 만들 수는 없을까?

그리하여, 칭송받는 그대 덕에

내게 자비롭다는 이름을 다시 덧붙여,

내 사랑으로 부드럽게 그대를 불타오르게 할 수는 없을까?

XI

O dous regars, o yeus pleins de beauté,

Petits jardins, pleins de fleurs amoureuses

Où sont d'Amour les flesches dangereuses,

Tant à vous voir mon oeil s'est arresté !

O coeur felon, o rude cruauté,

Tant tu me tiens de façons rigoureuses,

Tant j'ay coulé de larmes langoureuses,

Sentant l'ardeur de mon coeur tourmenté !

Donques, mes yeus, tant de plaisir avez,

Tant de bons tours par ses yeus recevez :

Mais toy, mon coeur, plus les vois s'y complaire,

Plus tu languiz, plus en as de soucis,

Or devinez si je suis aise aussi,

Sentant mon oeil estre à mon coeur contraire.

11

오 부드러운 시선, 오 아름다움 가득한 두 눈,
사랑의 위험한 화살들이 숨어 있는
사랑스러운 꽃들로 넘치는 두 개의 작은 정원,[16]
너희를 그토록 바라보며 나는 눈을 떼지 못하는구나!

오 어긋나는 마음, 오 거친 무정,
그토록 엄한 방식으로 그대는 나를 대하니,
그토록 많은 번민의 눈물을 나는 흘렸네,
내 고통받는 가슴의 뜨거움을 느끼면서!

그러니, 내 두 눈이여, 너희는 그토록 많은 즐거움을 누리
고,
그의 두 눈을 통해 그토록 넘치는 행운을 얻는다.
그러나, 내 가슴아, 두 눈이 기꺼움에 젖어 있음을 네가 보
아도,[17]

그럴수록 너는 괴롭고, 그럴수록 근심만 많아지누나.
이제, 내 눈이 내 가슴에 어긋남을 느끼면서,
그래도 내가 또한 편안한지 헤아려 보렴.

XII

Lut, compagnon de ma calamité,

De mes soupirs témoin irreprochable,

De mes ennuis controlleur veritable,

Tu as souvent avec moy lamenté :

Et tant le pleur piteus t'a molesté

Que commençant quelque son delectable,

Tu le rendois tout soudein lamentable,

Feingnant le ton que plein avoit chanté.

Et si te veus efforcer au contraire,

Tu te destens et si me contreins taire :

Mais me voyant tendrement soupirer,

Donnant faveur à ma tant triste pleinte :

En mes ennuis me plaire suis contreinte,

Et d'un dous mal douce fin esperer.

12

류트여, 내 재난의 동반자여,
내 잦은 한숨의 나무랄 데 없는 증인이여,
내 잦은 시름의 참된 중재자여,
너는 나와 함께 자주 흐느꼈도다.

가엾은 울음이 너를 그리도 괴롭혀,
어느 반가운 소리로 시작을 하다가도,
너는 갑자기 슬픈 소리로 바꾸었지,
가득 차게 노래했던 음색을 감추면서.[18]

억지로 너를 거스르려 애를 쓰면,
너는 맥이 풀리고, 그래서 나는 입 다물어야 했지.
하지만 내가 힘없이 한숨 쉬는 것을 보고는,

그리 서글픈 내 한탄에 선심을 베푸니,
시름 속에서도 나는 즐거워하지 않을 수 없네,
다정한 병의 다정한 끝을 희망해야만 하네.

XIII

Oh si j'estois en ce beau sein ravie

De celui là pour lequel vois mourant :

Si avec lui vivre le demeurant

De mes cours jours ne m'empeschoit envie :

Si m'acollant me disoit : chere Amie,

Contentons nous l'un l'autre, s'asseurant

Que ja tempeste, Euripe, ne Courant

Ne nous pourra desjoindre en notre vie :

Si de mes bras le tenant acollé,

Comme du Lierre est l'arbre encercelé,

La mort venoit, de mon aise envieuse :

Lors que souef plus il me baiseroit,

Et mon esprit sur ses levres fuiroit,

Bien je mourrois, plus que vivante, heureuse.

13

오! 그를 생각하다 내 죽어 가는 그 사람의
멋진 가슴에 유괴되었으면.
그와 함께 내 짧은 나날의
나머지를 사는 것을 시샘이 가로막지 않았으면.

나를 껴안은 채, 그가 말해 준다면, 사랑하는 사람아,
우리 서로를 만족시키도록 합시다.
폭풍우도 에우리푸스[19]도 격류도 이미
우리의 생명 속에서 우리 둘을 못 나눠 놓으리라 굳게 다짐
하면서.

담쟁이가 나무를 휘감듯이,
내 두 팔로 그를 껴안고 있는데,
내 행복을 시기하여 죽음이 온다면,

그가 더 부드럽게 내게 입 맞추어 주고,
내 혼이 그의 입술 위에서 사라져 갈 때도,
기꺼이 나는 죽으리라, 산 것보다 더 낫게, 행복에 겨워.

XIIII

Tant que mes yeux pourront larmes espandre,

A l'heur passé avec toy regretter :

Et qu'aus sanglots et soupirs resister

Pourra ma voix, et un peu faire entendre :

Tant que ma main pourra les cordes tendre

Du mignart Lut, pour tes graces chanter :

Tant que l'esprit se voudra contenter

De ne vouloir rien fors que toy comprendre :

Je ne souhaitte encore point mourir.

Mais quand mes yeus je sentiray tarir,

Ma voix cassee, et ma main impuissante,

Et mon esprit en ce mortel sejour

Ne pouvant plus montrer signe d'amante :

Prirey la Mort noircir mon plus cler jour.

14

그대와 함께 보낸 행복을 후회하리만치
내 두 눈이 눈물을 흘릴 수 있는 한,
내 목소리가 흐느낌과 한숨을
버텨 낼 수 있고, 조금은 사람들 귀에 들리는 한,

내 손이 그대 은총을 노래하고자
귀여운 류트 현을 당길 수 있는 한,
그대밖에는 그 무엇도 이해하지 않으려
정신이 스스로 만족하려 드는 한,

나는 아직도 죽기를 바랄 수가 없네.
하지만, 내 두 눈이 마르고,
내 목소리가 깨지고, 내 손이 무력해지고,

내 정신이 덧없이 사라질 거처에서
연인의 표시를 더 이상 나타내지 못하면,
죽음이 내 가장 밝은 대낮을 까맣게 뒤엎기를 기도하리.

XV

Pour le retour du Soleil honorer,

Le Zephir, l'air serein lui apareille :

Et du sommeil l'eau et la terre esveille,

Qui les gardoit l'une de murmurer,

En dous coulant, l'autre de se parer

De mainte fleur de couleur nompareille.

Ja les oiseaus es arbres font merveille,

Et aus passans font l'ennui moderer :

Les Nynfes ja en mile jeus s'esbatent

Au cler de Lune, et dansans l'herbe abatent :

Veus tu Zephir de ton heur me donner,

Et que par toy toute me renouvelle ?

Fay mon Soleil devers moy retourner,

Et tu verras s'il ne me rend plus belle.

15

태양의 되돌아옴을 경하하기 위하여
제피로스[20]는 잔잔한 바람을 준비했네,
물과 땅을 잠에서 일깨웠네,
잠에서 풀려난 물은 부드러이 흐름을 타고

중얼대고, 땅은 비길 데 없는 예쁜 색깔의
온갖 꽃들로 제 모습을 단장하네.
벌써 새들은 나무에서 경이롭게 노래하고,
지나는 사람들의 시름을 덜어 주네.

님프들은 벌써 달 아래 수많은 유희를
즐기며 뛰놀고, 춤추다 풀을 누이네.
제피로스여, 너의 행복을 내게 주고,

너로 인해 내가 온통 새로워지게 해 주려느냐?
나의 태양이 나를 향해 되돌아오게 해 다오,
그러면 너도 보리라, 그가 나를 더 고운 모습으로 바꿔 놓을
지 아닐지.[21]

XVI

Apres qu'un tems la gresle et le tonnerre

Ont le haut mont de Caucase batu,

Le beau jour vient, de lueur revétu.

Quand Phebus ha son cerne fait en terre,

Et l'Ocean il regaigne à grand erre :

Sa seur se montre avec son chef pointu.

Quand quelque tems le Parthe ha combatu,

Il prent la fuite et son arc il desserre.

Un tems t'ay vù et consolé pleintif,

Et defiant de mon feu peu hatif :

Mais maintenant que tu m'as embrasee,

Et suis au point auquel tu me voulois :

Tu as ta flame en quelque eau arrosee,

Et es plus froit qu'estre je ne soulois.

16

어느 땐가 우박과 천둥이

높은 코카서스 산정[22]을 두드리고 나면,

화창한 날이 빛으로 뒤덮여 나타나네.

포이보스[23]가 지상을 한 바퀴 달리고,

잰걸음으로 오케아노스[24]에 다시 잠기면,

그의 누이는 뾰족한 머리를 하고[25] 모습을 보이네.

어느 한때 파르티아[26] 병사가 전투를 끝내면,

그는 달아나고 제 활을 손에서 내려놓네.

언제인가 나는 그대를 보았고 한탄하는 그대를 위안해 주었네,

성급히 타오르지 않는 내 불길에 회의하는 그대를,

하지만 그대가 나를 불타게 하고,

그대가 바랐던 거기까지 내가 와 있는 지금,

그대는 제 불꽃을 어느 물속에 담가 적시더니,

내가 예전에 그랬던 것보다 더욱 차갑구나.

XVII

Je fuis la vile, et temples, et tous lieus,

Esquels prenant plaisir à t'ouir pleindre,

Tu peus, et non sans force, me contreindre

De te donner ce qu'estimois le mieus.

Masques, tournois, jeus me sont ennuieus,

Et rien sans toy de beau ne me puis peindre :

Tant que tachant à ce desir esteindre,

Et un nouvel obget faire à mes yeus,

Et des pensers amoureus me distraire,

Des bois espais sui le plus solitaire :

Mais j'aperçoy, ayant erré maint tour,

Que si je veus de toy estre delivre,

Il me convient hors de moymesme vivre,

Ou fais encor que loin sois en sejour.

17

나는 이 도시를 피하네, 신전들도 피하고 모든 곳을 피하네,
그대의 한탄을 듣는 것을 즐거워했기에,
내가 최고라 여기는 것을 그대에게 달라고
그대가 억지를 섞어서라도 졸라 댈 수 있는 그 장소들을.

가면무도회도, 무술 시합[27]도, 유희들도 내겐 다 지겹네,
그대 없이는 어떤 어여쁨도 나는 그려 볼 수 없네.
그래 이 욕망을 끄려고 시도하며,
내 두 눈에 새로운 대상을 만들고,

사랑의 상념에서 빠져나오려,
울창한 숲 중에서 가장 외로운 곳을 나는 따라 걷네.
그러나, 나는 깨달았네, 수없이 맴돌며 배회했어도,

나 그대에게서 벗어나려 한다면,
나 자신 바깥으로 빠져나와 사는 수밖에 없다는 것을.
아니면, 적어도 먼 곳에서 머무르거나.

XVIII

Baise m'encor, rebaise moy et baise :

Donne m'en un de tes plus savoureus,

Donne m'en un de tes plus amoureus :

Je t'en rendray quatre plus chaus que braise.

Las, te pleins tu ? ça que ce mal j'apaise,

En t'en donnant dix autres doucereus.

Ainsi meslans nos baisers tant heureus

Jouissons nous l'un de l'autre à notre aise.

Lors double vie à chacun en suivra.

Chacun en soy et son ami vivra.

Permets m'Amour penser quelque folie :

Tousjours suis mal, vivant discrettement,

Et ne me puis donner contentement,

Si hors de moy ne fay quelque saillie.

18

또다시 입 맞춰 줘요, 다시 맞춰 줘요, 맞춰 줘요,[28]
그대 가장 감미로운 입맞춤을 내게 주세요,
그대 가장 사랑스러운 입맞춤을 내게 주세요,
달아오른 숯불보다 뜨거운 네 번의 입맞춤을 그대께 돌려
드리리니.

저런, 불편한가요? 그럼, 또 다른 부드러운 입맞춤 열 번을
그대께 드려,
내 그 아픔을 가라앉힐 수 있으련만,
그러니, 그리도 행복한 우리 입맞춤들을 섞어,
서로를 편안히 즐기도록 해요.

그럼, 각자에게 두 겹의 삶이 따를 거예요.
저마다 제 속에서도 연인 속에서도 살게 될 거예요.[29]
내 사랑이 미친 짓을 생각해 봐도 되리까.[30]

조신하게 사느라 언제나 안 좋았기에,
나 자신 밖으로 뛰쳐나가지 않으면
스스로 만족을 얻어 낼 수가 없어요.

XIX

Diane estant en l'espesseur d'un bois,

Apres avoir mainte beste assenee,

Prenoit le frais, de Nynfes couronnee :

J'allois resvant comme fay maintefois,

Sans y penser : quand j'ouy une vois,

Qui m'apela, disant, Nynfe estonnee,

Que ne t'es tu vers Diane tournee ?

Et me voyant sans arc et sans carquois,

Qu'as tu trouvé, o compagne, en ta voye,

Qui de ton arc et flesches ait fait proye ?

Je m'animay, respons je, à un passant,

Et lui getay en vain toutes mes flesches

Et l'arc apres : mais lui les ramassant

Et les tirant me fit cent et cent bresches.

19

다이아나[31]는 울창한 숲속에 있어,
수많은 짐승을 쓰러트린 다음,
님프들에 둘러싸여 서늘한 바람을 맞고 있었지.
나는 여러 번 그랬듯이, 미처 깨닫지 못하고,

꿈꾸며 가고 있었지. 그때 나를 부르며
말하는 목소리가 들려왔지. 놀란 님프여,
왜 너는 다이아나를 향해 돌아서지 않느냐?
그리고, 활도 화살통도 없는 나를 보고선,

너의 길에서, 활도 화살도 앗긴,
오 길동무여, 너는 무엇을 찾았느냐?
나는 대답했네, 전 지나가는 사람에게 덤벼들었어요,

그에게 맞지도 않는 제 화살을 몽땅 쏘고
그담엔 활을 던져 버렸어요. 그런데 그는, 그걸 주워 들고
시위를 당겨, 제게 하고많은 상처를 입히고 말았어요.

XX

Predit me fut, que devoit fermement

Un jour aymer celui dont la figure

Me fut descrite : et sans autre peinture

Le reconnu quand vy premierement :

Puis le voyant aymer fatalement,

Pitié je pris de sa triste aventure :

Et tellement je forçay ma nature,

Qu'autant que lui aymay ardentement.

Qui n'ust pensé qu'en faveur devoit croitre

Ce que le Ciel et destins firent naitre ?

Mais quand je voy si nubileus aprets,

Vents si cruels et tant horrible orage :

Je croy qu'estoient les infernaus arrets,

Qui de si loin m'ourdissoient ce naufrage.

20

어느 날 한 사람이 나타나 굳건히 사랑해 주리라
예언이 내게 있었네, 그의 모습은
또렷이 그려졌네. 그래, 다른 그림이 없이도
내 처음 그를 보았을 때 바로 알아보았네.

이윽고 그가 목매어 사랑하는 걸 보고
그의 슬픈 모험에 가엾음을 느꼈네.
그래, 얼마나 내 성미를 고쳐 잡아
그 사람 못지않게 열렬히 사랑하게 되었나.

누군들 생각지 않으리, 하늘과 숙명이 싹을 뿌린 것이
은총을 받아 잘 자라날 것이라고.
허나 그처럼 준비된 먹구름과

그리도 모진 바람, 끔찍한 뇌우가 눈에 보이니,
지옥의 결정이 이미 내려져
그토록 멀리서부터 이 난파를 꾸며 놓은 것만 같네.

XXI

Quelle grandeur rend l'homme venerable ?

Quelle grosseur ? quel poil ? quelle couleur ?

Qui est des yeus le plus emmieleur ?

Qui fait plus tot une playe incurable ?

Quel chant est plus à l'homme convenable ?

Qui plus penetre en chantant sa douleur ?

Qui un dous lut fait encore meilleur ?

Quel naturel est le plus amiable ?

Je ne voudrois le dire assurément,

Ayant Amour forcé mon jugement :

Mais je say bien et de tant je m'assure,

Que tout le beau que l'on pourroit choisir,

Et que tout l'art qui ayde la Nature,

Ne me sauroient acroitre mon desir.

21

어떤 위대함이 남자를 존경스럽게 하는가?
어떤 덩치가? 어떤 터럭이? 어떤 살 빛깔이?
누가 꿀같이 감미로운 두 눈을 가졌는가?
누가 치유할 수 없는 상처를 더 빨리 만드는가?

어떤 찬가가 남자에게 어울리는가?
누가 제 괴롬을 노래하면서 더 깊이 폐부를 찌르는가?
누가 류트를 더 부드럽게 다루는가?
누구 성미가 가장 사랑스러운가?

나는 잘라서 말하고 싶지 않네,
사랑이 나의 판단을 비틀어 놓았으니.
그러나 나는 아네, 한없이 나는 믿네,

온갖 아름다움을 고를 수 있을지라도,
온갖 예술이 자연을 도와준대도,
그것들이 내 욕망을 더 키우지는 못하리라는 걸.

XXII

Luisant Soleil, que tu es bien heureus,

De voir toujours de t'Amie la face :

Et toy, sa soeur, qu'Endimion embrasse,

Tant te repais de miel amoureus.

Mars voit Venus : Mercure aventureus

De Ciel en Ciel, de lieu en lieu se glasse :

Et Jupiter remarque en mainte place

Ses premiers ans plus gays et chaleureus.

Voilà du Ciel la puissante harmonie,

Qui les esprits divins ensemble lie :

Mais s'ils avoient ce qu'ils ayment lointein,

Leur harmonie et ordre irrevocable

Se tourneroit en erreur variable,

Et comme moy travailleroient en vain.

22

빛나는 태양이여, 그대는 행복하여라,
언제나 연인[32] 얼굴을 볼 수 있으니.
그리고 그대, 엔디미언[33]이 포옹하는 태양의 누이여,
꿈 같은 사랑을 한껏 맛보고 있구나.

마르스는 비너스를 쳐다본다. 모험을 즐기는 머큐리는
하늘에서 하늘로 이곳에서 저곳으로 미끄러진다.
주피터는 곳곳에서 더 즐겁고[34]
뜨거웠던 제 젊은 시절을 눈여겨본다.

보라, 그것이 성령들이 함께 묶어 놓은
힘찬 천상의 하모니로다.
하지만 그들도 제 사랑하는 게 아스라이 있다면,

그들의 하모니와 굳건한 질서도
갖가지 오류로 변하고 말았으리라,
나와 마찬가지로 헛된 노고로 끝났으리라.

XXIII

Las ! que me sert, que si parfaitement

Louas jadis et ma tresse doree,

Et de mes yeus la beauté comparee

A deus Soleils, dont Amour finement

Tira les trets causez de ton tourment ?

Ou estes vous, pleurs de peu de duree ?

Et Mort par qui devoit estre honoree

Ta ferme amour et iteré serment ?

Donques c'estoit le but de ta malice

De m'asservir sous ombre de service ?

Pardonne moy, Ami, à cette fois,

Estant outree et de despit et d'ire :

Mais je m'assure, quelque part que tu sois,

Qu'autant que moy tu soufres de martire.

23

아! 무슨 소용이랴, 내 금빛 머리 타래와
두 개의 태양에 비겼던 내 두 눈의 아름다움을, [35)
지난날 그리도 완벽하게 그대가 찬양했어도
사랑이 그대 고통의 원인인 화살을

그 눈에서 교묘히 쏘아 대었다고?
어디 있단 말인가, 그토록 짧게 이어졌던 울음은?
그대의 굳은 사랑과 거듭된 맹세를 뒷받침해
영예를 더해 주었을 죽음은?

그러니, 섬긴다는 구실로 나를 복종시키는 것이
그대 얄궂은 마음의 목적이었나?
미안, 사랑하는 이여, 이번에는,

앙심과 울분에 싸여 화가 났으니.
하지만, 그대가 어디에 있건, 나는 잘라 말하네,
나만큼이나 그대도 더할 수 없이 괴로움을 겪을 거라고.

XXIIII

Ne reprenez, Dames, si j'ay aymé :

Si j'ay senti mile torches ardentes,

Mile travaus, mile douleurs mordentes :

Si en pleurant, j'ay mon tems consumé,

Las que mon nom n'en soit par vous blamé.

Si j'ay failli, les peines sont presentes,

N'aigrissez point leurs pointes violentes :

Mais estimez qu'Amour, à point nommé,

Sans votre ardeur d'un Vulcan excuser,

Sans la beauté d'Adonis acuser,

Pourra, s'il veut, plus vous rendre amoureuses :

En ayant moins que moy d'occasion,

Et plus d'estrange et forte passion.

Et gardez vous d'estre plus malheureuses.

24

나무라지 마세요, 숙녀들[36]이여, 내가 사랑을 했대도,
뜨겁게 타오른 즈믄 불씨,
즈믄 노고, 물어뜯는 즈믄 괴롬을 내가 느꼈대도,
울면서 내 인생을 소진했대도,

아! 내 이름이 그로 인해 그대들에게 비난받지 않았으면.
내가 망친 여자래도, 고통은 지금도 견뎌야 하니.
난폭한 그 독침일랑 더 날카롭게 갈지 마세요.
헤아려 보세요, 사랑은, 이름이 불리자마자,

그대의 열정 불카누스 때문이라 용서하지 않고,
아도니스의 아름다움을 탓하지도 않으면서,[37]
저 내키는 대로 그대들을 더 사랑에 빠트릴 수 있어요.

조심하세요, 나보다 그럴 여지가 덜해도
야릇하고 거센 정념은 더 넘쳐서
더욱 불행한 여인이 되지 않게끔.

1) 「소네」의 서시 역할을 하며, 유일하게 이탈리아어로 되어 있다. 다음은 1983년 프랑수아즈 샤르팡티에가 프랑스어로 번역한 이 시의 전문이다. 이 번역문을 기본으로 이탈리아어 원문과 대조하여 우리말로 옮겼다.

> Non, pas même Ulysse, ni quelque autre
> Plus avisé encore, pour cet aspect divin
> Plein de grâce, d'honneur et respect
> N'aurait présumé tout ce que je sens de soucis et douleurs.
>
> Hélas, Amour ! de tes beaux yeux tu as fait
> Une telle plaie dans mon coeur innocent,
> Qui déjà nourriture et chaleur te donnait,
> Que remède il n'y a si tu ne me le donnes.
>
> Ô dur destin, qui me rend comme
> Point d'un scorpion, et m'oblige à demander soulagement
> Au venin de cette bête même.
>
> Je demande seulement qu'il mette fin à ce tourment :
> Qu'il n'éteigne pas le désir à moi si cher
> Que' s'il me manque, je ne pourrai que mourir.

출처 : *Louise Labé, Oeuvres poétiques,* précédées des *Rymes* de Pernette du Guillet, éd. par Françoise Charpentier, Gallimard, 1983, pp. 181~182

2) 'Amour'는 첫 글자를 대문자로 썼을 때 사랑의 신 비너스의 아들인 큐피드를 가리킨다. 루이즈 라베를 비롯한 르네상스 프랑스 시인들은 이 단어를 시에서 큐피드보다 자주 사용하였고, 대개 고유명사(신의 이름)와 보통명사(사랑이라는 감정)의 뜻을 같이 포함하여 사용하였다.

3) 전갈에 물리면 전갈의 독으로만 치료할 수 있다는 민간 속설이 있다.

4) 이 시의 전반부 8행은 올리비에 드 마니의 『한숨Les Souspirs』에 실린 소네 중 한 편의 전반부와 동일하다.

5) '천'을 의미하는 원문의 'mile'을 우리 옛말인 '즈믄'으로 옮겼다.

6) 1, 2연의 내용이 연인의 이미지에서 출발하여 시인 자신의 상황으로 이행하는 것과 같이, 3연에서도 같은 변화가 있는 것으로 보인다.

7) '정념'을 뜻하는 프랑스어 'passion'은 '수난, 고생'을 뜻하기도 한다.

8) 이 시에서 비너스는 미의 여신이면서, 동시에 금성의 이름이기도 하다.

9) '별'은 태양, '돌아옴'은 봄이 왔음을 의미한다.

10) 오로라는 새벽의 여신, 플로라는 꽃의 여신이며, '좋은 향내의', '가장 고운 선물'은 장미를 가리킨다.

11) 남녀가 사랑하는 상황을 두 개체가 아닌 한 개체 속에서 육체와 영혼이 서로 결합한 것으로 다루었으며, 이는 르네상스 플라톤주의의 전통을 잘 보여 주는 표현이다.

12) 이 시 전반부에서의 의미대로라면 '사랑의 만남, 사랑의 재회'는 육체와 영혼의 재결합을 뜻하지만, 여기서부터는 '사랑'의 의미가 달라져 연인과 화자의 만남과 재회를 뜻한다.

13) 모순되는 상황을 짧은 문장 속에 결합하여 긴장과 탄력을 얻게 된 시로서, 이미 중세 말기에 프랑수아 비용, 샤를 도를레앙 등이 '우물가에서도 나는 목이 마르네'라는 테마를 변주하는 시들을 보여 준 바 있다. 그러나 이 테마는 르네상스 시인들에게 강한 영향을 준 페트라르카의 『노래집Canzoniere』에도 나타나며, 루이즈 라베는 그 영향을 받은 것으로 보인다.

14) 모순의 원인을 사랑의 신에게 돌리고 있다.

15) 연인의 능력을 과장하기 위해 나무나 돌과 같은 무생물을 인간의 의지로 강제한다고 표현하였으나 실은 오르페우스의 예술적 권능을 간접적으로 의미하는 것이라 볼 수 있다.

16) 루이즈 라베의 시에서 눈은 사랑에서 가장 중요한 구실을 한다. 눈의 둥근 모습은 활과 같으며, 서로를 바라보는 것은 화살을 쏘는 것과 같다. 이 시는 눈과 정원의 이미지를 연결하고, 화살의 위치를 자세하게 드러내고 있다는 점에서 독특하다.

17) 루이즈 라베의 시에서 눈은 거의 절대적인 중요성을 가지고 있지만, 눈과 가슴의 분리가 시작되는 것을 막지는 못한다.

18) '가득 차게'로 번역한 'plein'과 '감추면서'로 번역한 'feignant'은 르네상스 시대의 전문 음악 용어로 각각 '장조'와 '단조'를 뜻하기도 한다. 따라서 8행은 '장조로 노래했던 음색을 단조로 바꾸면서'로도 번역할 수 있다.

19) 에우리푸스 해협. 그리스의 에오보이아 섬과 본토 보이오티아 사이의 좁은 해협으로 매우 빠른 물살로 유명하다.

20) 서풍의 신. 산들바람을 몰고 와 꽃의 여신 플로라와 함께 봄이 왔음을 알리는 신이다.

21) 이 연에서 제피로스는 봄을 알리는 역할을 넘어서 태양, 즉 연인을 데려다주는 역할을 요청받고 있다. 요청을 들어준다면 봄의 자연이 아름다워지듯이 이 시의 화자 역시 태양 앞에서 고와질 거라 말한다.

22) 그리스 신화에 나오는 가장 높은 산. 프로메테우스가 여기에서 사슬에 묶여 있었다.

23) 그리스어로 '빛나는 자'라는 뜻이며, 태양의 신 아폴론의 별칭으로 상용된다.

24) 티탄(거인족)의 하나로 대양이 신격화된 존재. 일반적으로 대서양을 지칭한다. 태양이 하루 여정을 끝내고 바닷속으로 사라지는 것을 묘사한 구절이다.

25) 태양의 누이인 달의 여신은 로마 신화에서는 다이아나, 그리스 신화에서는 아르테미스 또는 셀레네로 불리며, 포이보스에 대응해 포이베라는 명칭으로도 알려져 있다. '뾰족한 머리를 하고'는 초승달의 모습으로 나타남을 의미한다.

26) 로마제국과 다투던 흑해 연안의 제국. 그 병사들은 기마와 활 쏘는 데 능했다. 파르티아 병사가 달아나고 활을 내려놓는다고 한 것은 패배 후의 도주를 묘사했다기보다는 전투에서 승리한 후에 이제 무심해졌다는 의미로 해석해야 한다.

27) 루이즈 라베는 승마와 검술을 익혔으며, 무술 시합에 참가한 경력이 있다고 알려졌다.

28) 세 번에 걸쳐 거듭하는 요청은 리듬과 의미의 측면에서 볼 때 점점 무게가 줄어든다. 그러나 다음 행들과 연관 지어 볼 때 의지가 약해진다고 할 수는 없다.

29) 이탈리아 르네상스 철학자 레오네 에브레오의 저서 『사랑의 대화*Dialoghi d'amore*』에서 발전시킨 이론이 적용된 것으로 보인다. 사랑하는 사람은 자신과 연인 속에서 살고 있고, 연인도 본인과 사랑하는 내 속에서 살고 있으므로 사랑은 모두 네 개의 삶을 살게 한다는 의미이다.

30) 루이즈 라베의 산문 대화편「광기와 사랑의 논쟁」의 두 주인공, 사랑의 신과 광기의 여신을 연상케 하는 구절이다. 간혹 'm'Amour'를 호격으로 이해하여 '내 사랑이여'라고 해석하는 사례들이 있으나 당시 리옹의 출판업자들이 구두점을 엄격히 사용하였던 것으로 미루어 받아들이기 힘들다.

31) 로마 신화에서 사냥의 여신이자 숲과 달의 여신. 그리스 신화에서는 아르테미스 또는 셀레네로 불린다. 이 시에서 다이아나는 태양의 여동생이라는 점에서 사랑받는 여인을 상징하고, 사냥의 여신이라는 점에서 활 쏘는 모티프를 뒷받침한다. 이 시의 화자는 여신과 같은 본질을 지녔으나 다른 개체인 님프로 등장한다.

32) 여기서 '연인'을 3행에 나오는 태양의 누이(달의 여신)로 해석하는 경우가 많다. 그러나 태양이 달의 얼굴을 언제나 볼 수는 없다는 점에서, 또한 이 시에서 달의 여신은 엔디미언과 사랑을 나누고 있으니 태양의 신과 연인이 될 수는 없다는 점에서 그런 해석을 받아들이기 힘들다. 어쩌면 태양의 연인으로 월계수가 된 다프네, 해바라기가 된 클리티아가 더 어울릴 수도 있겠으나 시인의 의도가 무엇이었는지 알 길이 없다.

33) 그리스 신화에서 달의 여신 셀레네에게 사랑받은 미소년 양치기.

34) 마르스(화성), 비너스(금성), 머큐리(수성), 주피터(목성)로 이루어진 행성들의 체계를 신화적으로 활용하였다.

35) 사랑하는 남성의 상징이었던 태양이 이 시에서 처음으로 여성인 화자의 눈을 비유하는 이미지로 등장한다. 눈에 대한 가장 극대화된 가치 부여이지만 그 절정의 찬양은 오래 이어지지 못하고 곧 추락함을 보여 준다.

36) 리용의 숙녀들. 루이즈 라베는 자신의 사례를 들추어내어 같은 도시의 동료들인 그녀들에게 호소하며 충고를 던진다.

37) 불카누스는 그리스 신화의 헤파이스토스로 비너스의 남편이었지만 추한 외모 때문에 외면을 받았다. 반면 아도니스는 아름다운 외모로 비너스의 사랑을 받았던 청년이다. 여인의 열정이 불카누스 같은 못난 남편을 이유로 용서되지도 않으며, 아도니스 같은 미려함으로 양해되는 것도 아니라고 경고한다.

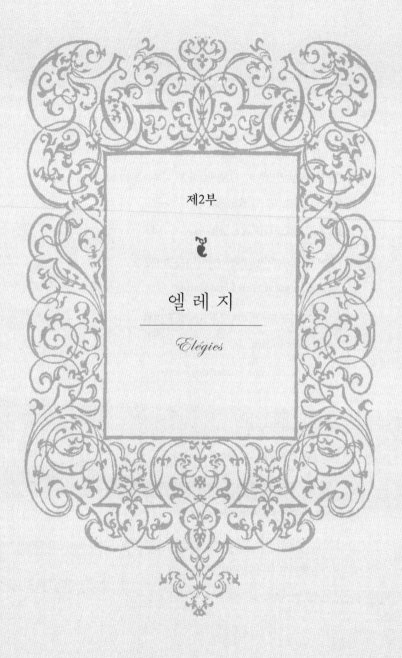

제2부

엘 레 지

Elégies

ELEGIE I

Au tems qu'Amour, d'hommes, et Dieus vainqueur

Faisoit bruler de sa flamme mon coeur,

En embrassant de sa cruelle rage

Mon sang, mes os, mon esprit et courage :

Encore lors je n'avois la puissance

De lamenter ma peine et ma souffrance.

Encor Phebus, ami des Lauriers vers,

N'avoit permis que je fisse des vers :

Mais meintenant que sa fureur divine

Remplit d'ardeur ma hardie poitrine,

Chanter me fait, non les bruians tonnerres

De Jupiter, ou les cruelles guerres,

Dont trouble Mars, quand il veut, l'Univers.

Il m'a donné la lyre, qui les vers

제1가

사람들과 신들의 정복자인 사랑이

내 피와 뼈, 내 희망과 용기를

그 모진 격노로 불태우며,

그 불꽃으로 내 가슴을 타오르게 했을 때,

그때 난 아직 갖추지 못하였네,

내 고생과 아픔을 탄식할 힘마저도.

푸른 월계수의 연인 포이보스는 아직

내가 시를 짓는 것을 허락하지 않았네.[1]

하지만 이제 그의 신성한 격노는

내 성급한 가슴을 열정으로 채우고,

노래하게 하네, 주피터의

우르릉대는 천둥도, 마르스가 제멋대로 저질러

세상을 뒤흔드는 끔찍한 전쟁도 아닌 다른 것을.[2]

그는 내게 리라를 주었으니, 그 악기는

Souloit chanter de l'Amour Lesbienne :

Et à ce coup pleurera de la mienne.

O dous archet, adouci moy la voix,

Qui pourroit fendre et aigrir quelquefois,

En recitant tant d'ennuis et douleurs,

Tant de despits fortunes et malheurs.

Trempe l'ardeur, dont jadis mon coeur tendre

Fut en brulant demi reduit en cendre.

Je sen desja un piteus souvenir,

Qui me contreint la larme à l'oeil venir.

Il m'est avis que je sen les alarmes,

Que premiers j'u d'Amour, je voy les armes,

Dont il s'arma en venant m'assaillir.

C'estoit mes yeus, dont tant faisois saillir

De traits, à ceus qui trop me regardoient,

Et de mon arc assez ne se gardoient.

레스보스[3]의 사랑의 시를 노래하곤 했으나,
이번엔 나의 사랑으로 눈물을 뿌리리라.

오 부드러운 활[4]이여, 내 목소리를 눅여 다오,
그토록 많은 시름과 괴롬들을,
그토록 원통한 숙명과 불행을 읊어 대면서,
갈라지고 때로는 쉬어 버릴지 모르나니.
격정을 담금질해 다오. 일찍이 다정한 내 가슴이
그 때문에 불타오르며, 절반은 잿더미로 화했거니.
나는 벌써 가련한 추억을 느끼나니,
눈물이 내 두 눈에서 배어 나오지 않을 수 없구나.

사랑으로부터 처음 받은 경고들을
나는 느끼는 것 같았네, 그가 나를
공격하려 다가오며 꾸려 온 무기들이 보였네.
내 눈[5]이었지, 거기서 그 많은 화살을 투사하게 해
맞은 이들은 너무 지나치게 나를 바라다보았고,
내 활에는 충분한 경계를 하지도 않았네.

Mais ces miens traits ces miens yeus me defirent

Et de vengeance estre exemple me firent.

Et me moquant, et voyant l'un aymer,

L'autre bruler et d'Amour consommer :

En voyant tant de larmes espandues,

Tant de soupirs et prieres perdues,

Je n'aperçu que soudain me vint prendre

Le mesme mal que je soulois reprendre :

Qui me persa d'une telle furie,

Qu'encor n'en suis apres long tems guerie :

Et maintenant me suis encor contreinte

De rafreschir d'une nouvelle pleinte

Mes maus passez. Dames, qui les lirez,

De mes regrets avec moy soupirez.

Possible, un jour je feray le semblable,

Et ayderay votre voix pitoyable

하지만 내 화살들이 내 두 눈을 망가뜨리고
나를 복수의 본보기로 만들고 말았구나.

비웃으면서, 누구는 사랑에 빠지고,
누구는 불붙어 사랑으로 타 없어지는 걸 보아도,
그토록 많은 눈물을 퍼붓고,
그토록 많은 한숨과 기도들을 허비하는 걸 알면서도,
내가 비난하곤 했던 바로 그 똑같은 병이
갑자기 나를 덮치는 것을 깨닫지 못했으니.
그것은 그토록 격렬하게 나를 꿰뚫고 들어와
오랜 세월이 지났어도 나는 여전히 낫지 못했네.

그리고 이제 새 한탄의 노래로
내 흘러간 병들을 다시 일깨우지
않을 수 없구나. 이 시를 읽을 여인들⁶⁾이여,
나의 회한을 두고 나와 더불어 한숨지으라.
어쩌면, 어느 날, 나도 똑같이 해 줄 수 있으니,
그대들 가엾은 목소리를 도와

A vos travaus et peines raconter,

Au tems perdu vainement lamenter.

Quelque rigueur qui loge en votre coeur,

Amour s'en peut un jour rendre vainqueur.

Et plus aurez lui esté ennemies,

Pis vous fera, vous sentant asservies.

N'estimez point que lon doive blamer

Celles qu'a fait Cupidon inflamer.

Autres que nous, nonobstant leur hautesse,

Ont enduré l'amoureuse rudesse :

Leur coeur hautein, leur beauté, leur lignage,

Ne les ont su preserver du servage

De dur Amour : les plus nobles esprits

En sont plus fort et plus soudain espris.

Semiramis, Royne tant renommee,

그대들의 고생과 괴롬을 이야기하고,
하릴없는 순간에 헛되이 탄식하게끔.

그대들의 가슴에 어떤 엄격함이 자리 잡고 있어도,
사랑은 어느 날 그것을 정복하고 나설 수 있나니.
하여, 그대들이 그에게 더욱더 적대할수록
더 큰 잘못을 저지르며, 그의 노예가 됨을 느끼리니.
큐피드[7]가 불타오르게 만든 여자를
사람이 나무라야 한다고 믿지들 말라.

우리 말고 다른 여인들도, 지체의 드높음에도 거리낌 없이,
사랑의 혹독함을 겪었으니,
그들의 높은 가슴, 그들의 아름다움, 그들의 가문도
가혹한 사랑의 노예살이로부터 그들을
구해 주지 않았구나, 가장 고귀한 정신 지닌 사람들도
더 강하고 더 급작스레 사랑에 넋을 잃었구나.

그토록 이름이 높은 여왕 세미라미스[8]는,

Qui mit en route avecques son armee

Les noirs squadrons des Ethiopiens,

Et en montrant louable exemple aus siens

Faisoit couler de son furieus branc

Des ennemis les plus braves le sang,

Ayant encor envie de conquerre

Tous ses voisins, ou leur mener la guerre,

Trouva Amour, qui si fort la pressa,

Qu'armes et loix veincue elle laissa.

Ne meritoit sa Royalle grandeur

Au moins avoir un moins fascheus malheur

Qu'aymer son fils ? Royne de Babylonne

Ou est ton coeur qui es combaz resonne ?

Qu'est devenu ce fer et cet escu,

Dont tu rendois ie plus brave veincu ?

Ou as tu mis la Marciale creste,

Qui obombroit le blond or de ta teste ?

에티오피아 사람들의 검은 부대와

자기 군대를 함께 이끌고 원정을 떠나,

집안사람들에게 예찬받을 본보기를 보이며

제 성난 단검을 내저어

가장 용감한 적들에게 피를 흘리게 하고도,

여전히 갖은 이웃들을 정복하거나

전쟁을 일으키고자 했으나,

그녀도 사랑을 알게 되었나니, 그 힘에 사정없이 흔들려

그녀는 패배한 채 무기도 법도 넘기고 말았네.

여왕다운 위대함으로

적어도 제 아들을 사랑하는 것보다는 덜 창피한 불행을

겪었어야 마땅하지 않았는가? 바빌론의 여왕이여,

전투마다 메아리치던 그대의 호기는 어디 있는가?

가장 용맹 있는 자에게조차 패배를 안겨 주었던

그 칼과 방패는 어디 있는가?

그대 황금빛 머리칼에 그림자를 드리웠던

마르스의 머리깃⁹⁾은 어디 두었는가?

Ou est l'espee, ou est cette cuirasse,

Dont tu rompois des ennemis l'audace ?

Ou sont fuiz tes coursiers furieus,

Lesquels trainoient ton char victorieus ?

T'a pù si tot un foible ennemi rompre ?

Ha pù si tot ton coeur viril corrompre,

Que le plaisir d'armes plus ne te touche

Mais seulement languis en une couche ?

Tu as laissé les aigreurs Marciales,

Pour recouvrer les douceurs geniales.

Ainsi Amour de toy t'a estrangee,

Qu'on te diroit en une autre changee.

Donques celui lequel d'amour esprise

Pleindre me voit, que point il ne mesprise

Mon triste deuil : Amour peut estre, en brief

En son endroit n'aparoitra moins grief.

검은 어디에, 적들의 간담을

서늘하게 한 그 갑옷은 어디에 있는가?

그대의 승리에 찬 마차를 끌던

그 성난 말들은 어디 도망쳤는가?

한 연약한 적이 그리 속히 그대를 분쇄할 수 있었던가?

그대의 남자 같은 가슴이 그리 속히 망가질 수 있어,

무기의 즐거움도 그대 마음을 더는 움직일 수 없고,

그대는 그저 어느 잠자리에서 홀로 괴로워하는가?

그대는 육욕의 부드러움을 되찾으려

마르스의 신산[10]을 버렸도다.

그렇게 사랑은 그대를 그대에게서 낯설게 만드니,

그대는 마치 다른 존재로 변신한 거나 같구나.

그러니 내가 사랑에 정신을 잃고

한탄하는 것을 보는 이는 내 서글픈 상실을

경멸하지 말라, 아마도 사랑은, 필경,

그의 자리에 덜 비루하게 나타나진 않으리라.

Telle j'ay vù qui avoit en jeunesse

Blamé Amour : apres en sa vieillesse

Bruler d'ardeur, et pleindre tendrement

L'ápre rigueur de son tardif tourment.

Alors de fard et eau continuelle

Elle essayoit se faire venir belle,

Voulant chasser le ridé labourage,

Que l'aage avoit gravé sur son visage.

Sur son chef gris elle avoit empruntee

Quelque perruque, et assez mal antee :

Et plus estoit à son gré bien fardee,

De son Ami moins estoit regardee :

Lequel ailleurs fuiant m'en tenoit conte,

Tant lui sembloit laide, et avoir grand'honte

D'estre aymé d'elle. Ainsi la povre vieille

Recevoit bien pareille pour pareille.

De maints en vain un temps fut reclamee,

Ores qu'elle ayme, elle n'est point aymee.

젊은 날 사랑을 꾸짖었던 어떤 여인[11]을

나는 보았네, 나중에 다 늙어서

열정으로 불타올라, 그 뒤늦은 고통의

신랄한 가혹함을 측은하게 한탄하네.

그래, 분으로 치장하고 향수를 계속 뿌려

그녀는 고운 모습으로 변하려 애쓰는구나,

나이가 얼굴에 파 놓은

주름진 고랑들을 지우려 들면서.

그녀의 잿빛 머리에 어느 가발을 빌려 와도,

제대로 쓸 수가 없네.

제 맘에 흡족하게 분을 덧칠할수록

연인은 점점 눈길을 덜 주네.

그는 다른 데로 도망치면서 설명도 없었으니,

그만치 그녀를 밉게 보고, 그녀의 사랑을 받는 것이

창피했구나. 그러니 가련한 늙은 여인은

받을 만큼 받은 것일 뿐.

한때는 숱한 남자의 구애에도 끄떡없었거늘,

이제는 사랑해도 사랑을 받지는 못하는구나.

Ainsi Amour prend son plaisir, a faire

Que le veuil d'un soit à l'autre contraire.

Tel n'ayme point, qu'une Dame aymera :

Tel ayme aussi, qui aymé ne sera :

Et entretient, neanmoins, sa puissance

Et sa rigueur d'une vaine esperance.

그렇게 사랑은 한 사람의 바람을 다른 한 사람이

거스르게 만드는 걸 즐긴다.

여인이 사랑하려 하지만, 그이는 사랑하지 않고,

사랑을 받지 못할 그이는, 그런데도 사랑한다.

그러고는, 그 힘과 가혹함을

헛된 희망으로 지탱한다.

ELEGIE II.

D'un tel vouloir le serf point ne desire

La liberté, ou son port le navire,

Comme j'attens, helas, de jour en jour

De toy, Ami, le gracieus retour.

Là j'avois mis le but de ma douleur,

Qui fineroit, quand j'aurois ce bon heur

De te revoir : mais de la longue attente,

Helas, en vain mon desir se lamente.

Cruel, Cruel, qui te faisoit promettre

Ton brief retour en ta premiere lettre ?

As tu si peu de memoire de moy,

Que de m'avoir si tot rompu la foy ?

Comme ose tu ainsi abuser celle

Qui de tout tems t'a esté si fidelle ?

제2가

그런 의지로 노예는 자유를
갈망하지 않네, 항구는 배를 기다리지 않네,
매일매일, 안타까워라, 사랑하는 이여,
내가 그대의, 은혜로운 귀환을 기다리듯이.[12]
거기, 나는 내 고통의 목적을 두었네,
그대를 다시 보는 그 행복을 내가 얻을 때
끝나고 말. 허나 기나긴 기다림으로,
안타까워라, 헛되이 내 갈망은 탄식하네.

모질어라, 모질어, 누가 그대로 하여금
첫 편지에서 이른 귀환을 약속하게 하였나?
그대는 나에 대한 기억이 그리도 적은가,
그리도 일찍 나의 믿음을 깨어 버릴 만큼?
어느 때건 그대에게 그리도 충실했던 여자를
그대는 어찌 이리 속이려 드는가?

Or' que tu es aupres de ce rivage

Du Pau cornu, peut estre ton courage

S'est embrasé d'une nouvelle flame,

En me changeant pour prendre une autre Dame :

Jà en oubli inconstamment est mise

La loyauté que tu n'avois promise.

S'il est ainsi, et que desja la foy

Et la bonté se retirent de toy :

Il ne me faut esmerveiller si ores

Toute pitié tu as perdu encores.

O combien ha de pensee et de creinte,

Tout à par soy, l'ame d'Amour esteinte !

Ores je croy, vù notre amour passee,

Qu'impossible est, que tu m'aies laissee :

Et de nouvel ta foy je me fiance,

Et plus qu'humeine estime ta confiance.

Tu es, peut estre, en chemin inconnu

그대가 뿔난 포강[13] 기슭에 있는 지금,

어쩌면 그대 가슴은

새로운 불꽃으로 타올랐네,

나를 버리고 다른 여인을 얻으면서.

당신이 내게 약속한 충성은

벌써 망각으로 하염없이 굴러떨어졌네,

사정이 그렇다면, 그리고 믿음과

착함이 그대에게서 떠나갔다면,

나를 놀라게 해선 안 되리, 지금

모든 연민을 그대가 또다시 잃어버렸다 해도.

오, 사랑의 영혼이 꺼질 때, 얼마나 많은

의혹과 두려움이 그리 은근히 생기는가!

헌데, 지나간 우리 사랑을 보건대, 그대가

나를 버렸다니, 있을 수 없는 일인 것 같네.

그래 그대의 믿음을 다시금 나는 믿으며,

그대 변함없음은 사람의 능력 이상이라 생각하네.

그대는 어쩌면 길 모를 곳에서

Outre ton gré malade retenu.

Je croy que non : car tant suis coutumiere

De faire aus Dieus pour ta santé priere,

Que plus cruels que tigres ils seroient,

Quand maladie ils te prochasseroient :

Bien que ta fole et volage inconstance

Meriteroit avoir quelque soufrance.

Telle est ma foy, qu'elle pourra sufire

A te garder d'avoir mal et martire.

Celui qui tient au haut Ciel son Empire

Ne me sauroit, ce me semble, desdire :

Mais quand mes pleurs et larmes entendroit

Pour toy prians, son ire il retiendroit.

J'ay de tout tems vescu en son service,

Sans me sentir coulpable d'autre vice

Que de t'avoir bien souvent en son lieu

D'amour forcé, adoré comme Dieu.

마지못해 병든 채 잡혀 있으리.

아니, 그럴 리 없다 나는 생각하네, 그대의 건강을 빌며

신들이 그대의 병을 몰아내실 때

호랑이들보다 더 무자비하시기를

기도드리는 데 습관이 되었으니.

그대의 정신 나간 바람둥이 같은 변덕이

비록 어떤 고통을 겪어 마땅할지라도.

내 믿음이 그러하니, 그대가 병이 나고

극심히 아픈 것을 막아 주는 데 기도가 충분하리라.

드높은 하늘에 제국을 가진 이도

내 말을 부인하지 못하리, 그럴 것만 같네.

그대를 위해 기도하는

내 울음과 눈물을 들으실 때 그의 분노를 거두시리.

나는 어느 때건 그분을 섬기며 살아왔으니,

사랑에 떠밀리어, 신처럼 찬양하며,

걸핏하면 그대를 그의 자리에 올려놓은 것 말고는

다른 악으로 죄진 적이 없네.

Desja deus fois depuis le promis terme,

De ton retour, Phebe ses cornes ferme,

Sans que de bonne ou mauvaise fortune

De toy, Ami, j'aye nouvelle aucune.

Si toutefois, pour estre enamouré

En autre lieu, tu as tant demouré,

Si say je bien que t'amie nouvelle

A peine aura le renom d'estre telle,

Soit en beauté, vertu, grace et faconde,

Comme plusieurs gens savans par le monde

M'ont fait à tort, ce croy je, estre estimee.

Mais qui pourra garder la renommee ?

Non seulement en France suis flatee,

Et beaucoup plus, que ne veus, exaltee.

La terre aussi que Calpe et Pyrenee

Avec la mer tiennent environnee,

Du large Rhin les roulantes areines,

벌써 두 번이나, 그대 돌아오겠다던 약속 시한이

지난 이래, 포이베는 뿔들을 접었네.[14]

행운이건 불운이건, 그대에게서

사랑하는 이여, 내 아무런 소식을 받지 못한 채.

그럼에도 다른 곳에서 사랑에 빠져 있으려

그대가 그리도 오래 머물렀다면,

그럼에도 나는 잘 아네, 그대의 새 연인이

아름다움과 미덕에서건, 우아함과 언변에서건,

배웠다는 사람들이 세상에서 더러

착각으로 그러긴 했겠지만, 내게 그렇단 평을 안겨 준 것처럼,

그녀도 그러하다는 명성을 이제 곧 얻게 되리라는 것을.

하지만 누가 명성을 지킬 수 있으랴?

내가 비단 프랑스에서만 환심을 사고

바라던 것보다 높은 칭송을 받은 것이 아니었거늘.

칼페와 피레네가 바다와 함께

둘러싼 땅[15]도,

드넓은 라인강의 움직이는 모래톱도,

Le beau païs auquel or' te promeines,

Ont entendu (tu me l'as fait à croire)

Que gens d'esprit me donnent quelque gloire.

Goute le bien que tant d'hommes desirent :

Demeure au but ou tant d'autres aspirent :

Et croy qu'ailleurs n'en auras une telle.

Je ne dy pas qu'elle ne soit plus belle :

Mais que jamais femme ne t'aymera,

Ne plus que moy d'honneur te portera.

Maints grans Signeurs à mon amour pretendent,

Et à me plaire et servir prets se rendent,

Joutes et jeus, maintes belles devises

En ma faveur sont par eus entreprises :

Et neanmoins, tant peu je m'en soucie,

Que seulement ne les en remercie :

지금 그대가 거니는 아름다운 나라[16]도,
최고의 학자들이 내게 영광을 표함을
들었나니(그대가 그렇게 믿게 했지).

그토록 많은 사람이 갈망하는 선을 맛보라,
그토록 많은 다른 사람이 열망하는 목적에 머물라,
딴 데서는 그 같은 여인을 얻지 못하리라는 것을 믿으라.
그녀가 나보다 더 곱지 않다고 우기는 것이 아니라,
어떤 여인도 결코 그대를 사랑하지 않으리라,
나만큼 그대에게 영예를 안겨 주지 않으리라 말하노니.

숱한 대귀족들이 나의 사랑을 구하여,
나를 즐겁게 하고, 섬길 준비를 하고,
무술 시합과 게임, 숱한 아름다운 명구[17]들을
내 환심을 사려 시도하나,
그럼에도 나는 그런 일에 관심이 없어
다만 감사만 표하고 마나니,

Tu es tout seul, tout mon mal et mon bien :

Avec toy tout, et sans toy je n'ay rien :

Et n'ayant rien qui plaise à ma pensée,

De tout plaisir me treuve delaissee,

Et pour plaisir, ennui saisir me vient.

Le regretter et plorer me convient,

Et sur ce point entre en tel desconfort,

Que mile fois je souhaite la mort.

Ainsi, Ami, ton absence lointeine

Depuis deux mois me tient en cette peine,

Ne vivant pas, mais mourant d'un Amour

Lequel m'occit dix mile fois le jour.

Revien donq tot, si tu as quelque envie

De me revoir encor' un coup en vie.

Et si la mort avant ton arrivee

Ha de mon corps l'aymante ame privee,

그대만이 홀로, 내 온갖 악이며 내 온갖 선,

그대와 같이는 모든 것이 있으나, 그대 없이는 아무것도 없네.

그래, 내 생각에 기꺼운 아무것도 없어,

온갖 즐거움에서 버림받은 처지가 되네.

즐거움이라 해 봤자, 시름이 나를 사로잡으러 오네.

회한과 울음이 내게 어울려,

이 지경까지 낙망에 접어드니

수천 번 나는 죽음을 희구하네.

이렇게, 사랑하는 이여, 그대의 머나먼 부재가

두 달이나 나를 이런 고통에 매어 놓으니,

더 이상 살아 있지 않고, 하루에도 만 번이나

나를 죽이는 사랑으로 죽어 가네.

그러니, 어서 돌아오라, 그대가 나를

살아 있는 동안 잠시라도 다시 보고픈 마음 조금이라도 있거
든.

그리고 그대가 오기 전 죽음이

내 육신에서 사랑에 빠진 넋을 앗았다 해도,

Au moins un jour vien, habillé de dueil,

Environner le tour de mon cercueil.

Que plust à Dieu que lors fussent trouvez

Ces quatre vers en blanc marbre engravez.

PAR TOY, AMY, TANT VESQUI ENFLAMMEE,

QU'EN LANGUISSANT PAR FEU SUIS CONSUMEE,

QUI COUVE ENCORE SOUS MA CENDRE EMBRAZEE

SI NE LA RENS DE TES PLEURS APAIZEE.

아무튼 어느 날 오라, 상복을 입고,

내 관을 에워싸고 한 바퀴 돌라.

하얀 대리석에 새겨진 이 네 구절 시[18]가

부디 그때 그대의 눈에 뜨여 읽히기를.

그대로 인해, 사랑하는 이여, 그토록 불타며 살아,

시름하다 불꽃으로 다 타 버렸나니,

그대가 눈물로 가라앉혀 주지 않으면

타 버린 재 속에 그 불꽃 아직도 남아 있으리.

ELEGIE III.

Quand vous lirez, ô Dames Lionnoises,

Ces miens escrits pleins d'amoureuses noises,

Quand mes regrets, ennuis, despits et larmes

M'orrez chanter en pitoyables carmes,

Ne veuillez pas condamner ma simplesse,

Et jeune erreur de ma fole jeunesse,

Si c'est erreur : mais qui dessous les Cieus

Se peut vanter de n'estre vicieus ?

L'un n'est content de sa sorte de vie,

Et tousjours porte à ses voisins envie

L'un forcenant de voir la paix en terre,

Par tous moyens tache y mettre la guerre

L'autre croyant povreté estre vice,

A autre Dieu qu'or, ne fait sacrifice :

제3가

오 리용의 숙녀들이여, 그대들이

사랑의 싸움질로 가득 찬 내 글을 읽을 때,

내 회한, 시름, 비분과 눈물을

가련한 시구로 내가 노래하는 것을 들을 때,

내 순진함을, 내 미친 젊은 날의

젊은 잘못을 비난하지 말라,

그것이 잘못이라 해도. 하지만 하늘 아래 그 누가

나쁜 적이 없었다 뽐낼 수 있으랴?

누구는 제 사는 방식에 만족하지 않아

언제나 이웃에 시샘을 던지고,

누구는 지상에서 평화를 이룬다고 흥분해

갖은 수단으로 전쟁을 불러들이려 애를 쓴다.

또 누구는 가난이 악이라 믿어

황금 이외의 다른 신에겐 제사를 모시지 않고,

L'autre sa foi parjure il emploira

A decevoir quelcun qui le croira :

L'un en mentant de sa langue lezarde,

Mile brocars sur l'un et l'autre darde :

Je ne suis point sous ces planettes nee,

Qui m'ussent pù tant faire infortunee.

Onques ne fut mon oeil marri, de voir

Chez mon voisin mieus que chez moy pleuvoir.

Onq ne mis noise ou discord entre amis :

A faire gain jamais ne me soumis.

Mentir, tromper, et abuser autrui,

Tant n'a desplu, que mesdire de lui.

Mais si en moy rien y ha d'imparfait,

Qu'on blame Amour : c'est lui seul qui l'a fait.

Sur mon verd aage en ses laqs il me prit,

Lors qu'exerçois mon corps et mon esprit

또 누구는 거짓으로 고백한 신앙을

믿어 줄 누군가를 기만하는 데 써먹는다.

누구는 도마뱀 같은 혀로 거짓말을 하면서[19]

숱한 조롱을 이리저리 퍼붓는다.

나를 그토록 불운한 여인으로 만들 수 있었을

그런 행성들의 점지로 나는 태어나지 않았네,

내 집보다 이웃에 비가 더 많이 내리는 것을 보아도,

단 한 번 내 눈은 유감스럽다 느끼지 않았네.

단 한 번 친구들 사이에 싸움이나 불화를 일으키지 않았고,

이익을 얻는 데 결코 굴복한 적이 없었네.

거짓말하고, 속이고, 다른 이를 우려먹는 것은

내게 아주 마음에 안 드는 일이었네, 사람을 중상하는 것만큼
이나.

하지만, 내 속에 불완전한 무엇이 있다면,

사랑을 비난하라, 그렇게 만든 것은 오직 그이니.

내 초록의 나이에 그가 나를 올가미 속에 붙잡았을 때,

그때 나는 아주 잠깐에도 나를 힘들게 하는

En mile et mile euvres ingenieuses,

Qu'en peu de tems me rendit ennuieuses.

Pour bien savoir avec l'esguille peindre

J'eusse entrepris la renommee esteindre

De celle là, qui plus docte que sage,

Avec Pallas comparoit son ouvrage.

Qui m'ust vù lors en armes fiere aller,

Porter la lance et bois faire voler,

Le devoir faire en l'estour furieus,

Piquer, volter le cheval glorieus,

Pour Bradamante, ou la haute Marphise,

Seur de Roger, il m'ust, possible, prise.

Mais quoy ? Amour ne peut longuement voir

Mon coeur n'aymant que Mars et le savoir :

Et me voulant donner autre souci,

En souriant, il me disoit ainsi :

Tu penses donq, à Lionnoise Dame,

숱하고 숱한 정교한 작업[20]에

육신과 정신을 쏟고 있었네.

바늘로 그리는 그림을 잘하고자 했더라면

나는 현명하기보다는 똑똑하여

팔라스[21]에 맞서 제 작품을 견주어 댔던

그녀[22]의 명성을 지워 버리려 시도했으리라.

그때 내가 군장을 갖추고 도도히 나아가,

창을 들어 다른 이의 창 자루를 날려 버리고

격렬한 무술 시합에서 의무를 행하고,

승리한 말을 발끝으로 차 선회시키는 걸 누가 보았더라면,

브라다만테나 혹은 로제의 누이인

드높은 마르피자[23]로 나를 여겼겠지, 아마도.

하지만 뭔가? 사랑은 내 가슴이 마르스와 지식만을

사랑하는 것을 오랫동안 보고만 있을 수 없었나니,

그리하여 내게 다른 근심을 안기려

미소를 띠고 이렇게 말했네.

그대는 그래, 오 리용의 숙녀여,

Pouvoir fuir par ce moyen ma flame :

Mais non feras, j'ay subjugué les Dieus

Es bas Enfers, en la Mer et es Cieus.

Et penses tu que n'aye tel pouvoir

Sur les humeins, de leur faire savoir

Qu'il n'y ha rien qui de ma main eschape ?

Plus fort se pense et plus tot je le frape.

De me blamer quelquefois tu n'as honte,

En te fiant en Mars, dont tu fais conte :

Mais meintenant, voy si pour persister

En le suivant me pourras resister.

Ainsi parloit. Et tout eschaufé d'ire

Hors de sa trousse une sagette il tire,

Et decochant de son extreme force,

Droit la tira contre ma tendre escorce :

Foible harnois, pour bien couvrir le coeur,

Contre l'Archer qui tousjours est vainqueur.

이런 방법으로 내 불꽃을 피할 수 있다 생각하느냐?

그럴 수 없으리라, 나는 온갖 신들을

깊은 지옥과 바다, 하늘에서 다 굴복시켰나니.

그리고 내가 인간들에 대해 그런 힘을,

내 손에서 결코 빠져나갈 수 없다는 것을

알려 줄 힘을, 지니지 않았다고 너는 생각하느냐?

자신이 더 세다고 생각할수록 나는 더 빨리 그를 맞추리라.

너는 마르스를 신뢰하고, 그의 이야길 하면서,

이따금 나를 욕하는 것을 부끄러워하지 않는구나.

하지만 지금, 그를 따르며

내게 저항하면서 고집을 부릴 수 있는지 보라.

그는 이렇게 말하고, 분노로 온통 달아올라,

그의 화살통에서 한 개의 화살을 꺼내,

제 모든 힘을 다 모아 재고 나서,

내 부드러운 살갗에 대고 똑바로 쏘아 대었네,

언제나 승리자인 궁수에 맞서

가슴을 제대로 덮기에는 약한 갑옷인 살갗.

La bresche faite, entre Amour en la place,

Dont le repos premierement il chasse :

Et de travail qui me donne sans cesse,

Boire, manger, et dormir ne me laisse.

Il ne me chaut de soleil ne d'ombrage :

Je n'ay qu'Amour et feu en mon courage,

Qui me desguise, et fait autre paroitre,

Tant que ne peu moymesme me connoitre.

Je n'avois vù encore seize Hivers,

Lors que j'entray en ces ennuis divers

Et jà voici le treiziéme Esté

Que mon coeur fut par amour arresté.

Le tems met fin aus hautes Pyramides,

Le tems met fin aus founteines humides :

Il ne pardonne aux braves Colisees,

Il met à fin les viles plus prisees,

틈이 생기자, 사랑은 그 자리로 침입하고,

가장 먼저 휴식을 몰아냈네,

끝없이 고생을 떠맡겨

마시고 먹고 잠자는 것도 할 수가 없었네.

태양도 그늘도 내겐 중요치 않았네.

나는 가슴 속에 사랑과 불꽃을 지녔을 뿐,

그것은 나를 변장시켜, 다른 모습으로 나타나게 하네,

나조차 나를 알지 못할 만큼.

내가 이 갖가지 시름 속에 접어들었을 때,

나는 아직 열여섯 겨울을 채 보지 못했지.

그리고 내 가슴이 사랑에 포박된 후,

벌써 열세 번째 여름이 되었구나.[24]

시간은 드높은 피라미드들도 끝장을 내며,

시간은 마르지 않는 샘물들도 끝장을 낸다.

시간은 용맹한 콜로세움도 용서하지 않으며,

더 높은 존경을 받은 도시들도 끝장을 낸다.

Finir aussi il ha accoutumé.

Le feu d'Amour tant soit il allumé :

Mais las ! en moy il semble qu'il augmente

Avec le tems, et que plus me tourmente,

Paris ayma Oenone ardemmant,

Mais son amour ne dura longuement,

Medee fut aymee de Jason,

Qui tot apres la mit hors sa maison,

Si meritoient elles estre estimees,

Et pour aymer leurs Amis, estre aymees.

S'estant aymé on peut Amour laisser

N'est il raison, ne l'estant, se lasser ?

N'est il raison te prier de permettre,

Amour, que puisse à mes toumens fin mettre ?

Ne permets point que de Mort face espreuve,

Et plus que toy pitoyable la treuve :

그것은 또한, 아무리 타올랐더라도,

사랑의 불꽃이 끝나게끔 길들인다.

하지만, 안타까워라! 내 가슴 속에서 그것은

시간과 함께 불어나고, 더욱더 나를 괴롭히는 것만 같구나.

파리스는 외노네를 애타게 사랑했으나,

그의 사랑은 오래가지 않았다.[25]

메데아는 야손에게 사랑을 받았으나,

머지않아 집 밖으로 내쫓겼다.[26]

그래도, 그녀들은 존경받을 자격이 있으며,

그들의 연인을 사랑했기에 사랑받을 자격이 있다.

사랑받았기에 사랑을 떠날 수 있었다면,

그렇지 않았기에 거기 지쳐 버리는 것도 옳지 않은가?

사랑이여, 그대에게 내 고통을 끝내 줄 수 있게

허락해 달라고 간구하는 것 또한 옳지 않은가?

그러나 그대 허용하지 말라, 내가 죽음의 얼굴을 경험하고,

죽음이 그대보다 더 자비롭다 느끼게 되는 것을.

Mais si tu veus que j'ayme jusqu'au bout,

Fay que celui que j'estime mon tout,

Qui seul me peut faire plorer et rire,

Et pour lequel si souvent je soupire,

Sente en ses os, en son sang, en son ame,

Ou plus ardente, ou bien egale flame.

Alors ton faix plus aisé me sera,

Quand avec moy quelcun le portera.

그러나 내가 끝까지 사랑하기를 그대가 바란다면,

내가 내 전부라고 생각하는 그이가,

나를 울게도 웃게도 할 수 있는 유일한 사람인 그이가,

그를 위해 그리도 자주 한숨을 쉬게 한 그이가,

제 뼛속에, 제 핏속에, 제 넋 속에,

더 뜨거운, 아니면 정말 똑같은 불꽃을 느끼게 해 다오.

그래, 나와 함께 누군가 그것을 떠안을 때,

그대의 짐은 내게 한결 떠맡기 쉬우리니.

1) 포이보스는 태양의 신 아폴론의 별칭이다. 요정 다프네는 그의 사랑을 거부하고 월계수로 변신했으나, 나중에 마음을 열었고 그의 상징이 되었다. 포이보스는 시와 예술을 관장하는 신으로서, '아직 내가 시를 짓는 것을 허락하지 않았'다는 것은 이 시의 화자가 첫사랑을 느끼기 전까지는 시에 몰두하지 않았음을 시사한다.

2) 루이즈 라베는 승마를 즐기고 무술 시합에도 참가했다고 한다. '주피터의 천둥'과 '마르스의 전쟁'은 시를 쓰기 전, 즉 사랑을 느끼기 전에 즐겼던 승마와 무술 같은 활동적인 취미를 비유한 것으로 해석할 수 있다.

3) 고대 그리스의 시인 사포가 살던 섬의 이름. 사포는 사랑의 괴로움을 노래한 뛰어난 여류 시인이며, 루이즈 라베는 당대에 '리용의 사포'라 불렸다.

4) 리라를 타는 활(archet)은 큐피드의 활(arc)과 다른 어휘지만 같은 어원에 속한다.

5) 「소네 11」에서도 눈과 화살이 묘사되었다.

6) 리용의 숙녀들. 「소네 24」, 「엘레지 제3가」와 마찬가지로 리용의 숙녀들에게 바치는 형식을 취한 시이다.

7) 루이즈 라베의 시에서 사랑의 신 큐피드가 'Amour'가 아닌 'Cupidon'으로 표기된 드문 예이다.

8) 바빌론의 전설적인 여왕. 남편이 죽은 후 나라를 물려받아 다스렸으나 자신의 아들 니니아스와 근친상간에 빠졌고, 그에게 암살당했다.

9) 전쟁의 신 마르스에서 유래된 명칭. 투구 꼭대기에 부착하는 장식을 뜻한다.

10) 전쟁에서 겪는 신산 고초.

11) 다른 여인을 묘사하는 것처럼 말하지만, 실상은 본인의 이야기를 하고 있다. 「소네 24」에서 직접 자신을 끌어들이는 것과 대비된다.

12) 이 시는 연인에게 바치는 형식을 취한다. 연인은 아마도 그즈음 이탈리아에 체류하던 올리비에 드 마니일 가능성이 높다.

13) '뿔난'이라는 비유는 이탈리아의 포강이 두 갈래로 갈라져 삼각주를 형성하고 있는 데서 비롯되었다. 이 강의 만곡이 심해 짐승의 뿔처럼 휘어진 데서 나왔다는 설도 있다.

14) 달의 여신 포이베가 뿔을 접었다는 것은 초승달이 보름달이 되었다는 뜻이다. 두 번이므로 두 달이 경과했음을 뜻한다.

15) 칼페는 지브롤터를 가리키며, 지브롤터와 피레네 산맥, 바다가 에워싸는 나라는 에스파냐이다.

16) 올리비에 드 마니가 가 있는 이탈리아를 가리킨다.

17) 기사들의 무술 시합에서 추종하는 귀부인의 영예를 드러내기 위해 방패 등에 새기는 표어.

18) 이 시의 마지막 4행을 가리키는데, 일종의 묘비명을 엘레지에 삽입하였다.

19) 도마뱀 혀의 갈라진 모양과 독을 흘리는 특성을 거짓말과 연결 짓는다.

20) 루이즈 라베가 일찍이 받았던 교육들을 가리킨다. 이 시에서는 자수와 무술만을 언급한다.

21) 지혜, 전쟁, 직물의 여신 아테나를 가리키는 별칭 중 가장 널리 쓰이는 별칭.

22) 아테나와 자수 솜씨를 겨루다 벌을 받고 거미가 된 아라크네를 가리킨다.

23) 르네상스 시대 이탈리아의 아리오스토가 쓴 서사시 『광란의 오를란도*Orlando furioso*』에 나오는 등장인물. 브라다만테는 로제와 연인 사이이며, 로제의 여동생 마르피자와 함께 여성 기사의 전형이 되었다.

24) 이 시는 루이즈 라베가 1553년경에 썼을 것으로 추정된다. 이 시의 서술 대로 열여섯에 첫사랑을 겪고 열세 번째 여름을 지났다면 이때를 29세로 추정할 수 있다. 이것을 근거로 그녀의 출생연도를 1524년으로 추정하기도 한다.

25) 파리스는 요정 외노네를 사랑했으나 절세 미녀로 알려진 헬레네에게 빠져 그녀를 버렸다.

26) 메데아는 황금 양모를 얻도록 야손을 도왔으나, 야손은 테베의 왕 크레온의 딸 크레우사와 결혼을 함으로써 메데아를 배신했다.

16세기 중반, 르네상스 시대 프랑스에서 가장 유명한 여류 시인 루이즈 라베*Louise Labé*는 한 세대 전까지만 해도 널리 알려진 이름이 아니었다. 르네상스 문학 연구의 권위자 프랑수아 리골로*François Rigolot*가 이 시인이 몇 편의 소네와 악의적인 전설로만 기억되고 있다고 아쉬워한 것도 20세기 말에 가까운 1985년이었다.

하지만 최근 루이즈 라베의 위상이 현저히 높아졌다. 프랑스뿐만 아니라 영어권을 포함한 유럽 여러 나라에서 많은 갈채를 받으며 읽히는 인기 작가가 되었고, 그녀가 전하고자 했던 여성주의의 메시지는 시대를 앞서간 사상으로 깊은 울림을 준다. 그녀는 모리스 세브가 주도하던 '리용 학파'의 일원으로 알려졌지만, 이제는 그녀가 이 학파의 대표자인 세브를 넘어서는 관심의 대상이 되었다. '루이즈 라베 현상'이라는 표현까지 생겼다.

이런 현상은 어찌 보면 우연한 것도 아니고, 오히려 그동안의 상대적인 무관심과 외면이 비정상적이었다고 해야 할 것이다. 그녀는 자신이 살던 시대에 이미 높은 명성을 누렸고, 다시 19세기에 샤를 생트뵈브*Charles de Sainte-Beuve*나 페르디낭 브륀티에르*Ferdinand Brunetière* 같은 대비평가들의 주목을 받으며 재발견되었던 시인이기 때문이다.

1918년에 독일 시인 라이너 마리아 릴케*Rainer Maria Rilke*가 루이즈 라베의 소네를 번역하여 『스물네 편의 소네*Die vierundzwanzig Sonette*』라는 제목으로 간행했던 것도 20세기 초에 루이즈 라베가 생명력을 잃지 않고 이해되고 수용되었던 좋은 사례의 하나이다. 그러니까 최근의 변화는 루이즈 라베의 삶과 시가 이제 다시, 긴 시간의 무관심을 깨고 제자리를 찾은 것이라 해야 할 것이다.

루이즈 라베의 삶, 리용, 리용학파

루이즈 라베가 태어난 연도는 정확하게 알 수 없으나, 1520년대 초반으로 추정되며, 1524년을 출생연도로 인정하는 것이 일반적이다. 본명은 루이즈 샤를리*Louise Charly*였을 것이며, 그녀의 아버지 피에르 샤를리*Pierre Charly*가 두 번째 결혼에서 얻은 다섯 명의 자녀 중 막내가 루이즈이다.

피에르 샤를리는 밧줄제조업에 투신해서 견습공 시절 성공한 밧줄 장인의 미망인과 첫 결혼을 했다. 바로 그 첫 부인의 전남편인 자크 엉베르*Jacques Humbert*의 별명이 '라베'였다. 그러니까 라베라는 이름을 첫 부인의 전남편에게서 물려받아 사용하게 된 것이다. 이는 밧줄 공방을 승계하는 과정의 사업적인 상황에서 유래된 결과였을 것이다. 한편, 라베라는 이름은 수도원장을 뜻하는 라베*L'Abbé*와도 통하는 것이어서 귀족 출신인 듯한 느낌을 풍긴다는 점 역시 반가운 일이었을 것이다. 루이즈도 아버지를 따라 샤를리와 라베라는 성을 같이 사용하였다.

루이즈 라베는 아버지의 친구인, 그래서 나이가 그녀보다 스무 살 이상 많은 부유한 밧줄 장인 에느몽 페랭*Ennemond Perrin*과 1540년대 초 중반 무렵에 결혼을 하였다. 루이즈 라베가 '아름다운 밧줄 장사*la Belle Cordière*'라는 별명으로 널리 불리게 되었던 것은 바로 이런 사정 때문이다.

　루이즈 라베가 살았던 리용은 르네상스 시대에 프랑스 문화의 수도라 할 만큼 번영하던 도시였다. 금융과 섬유 산업, 그리고 지적 문화의 첨단을 상징하는 인쇄업 등에서, 리용은 국왕이 거주하는 파리 못지않은 발전을 이루고 있었다. 유럽의 지식인들이 출판업자들을 만나기 위해 리용을 방문했고, 주네브(제네바)에서 종교 개혁을 지휘하던 장 칼뱅*Jean Calvin*도 그중 하나였다.

　아버지 피에르 샤를리는 루이즈 라베의 교육에 진취적인 태도를 보였던 것 같다. 그녀는 음악이나 독서는 물론이고 검술, 승마 등을 익히고, 무술 시합에도 나갔다. 「엘레지」에서는 자신의 그런 모습이 브라다만테나 마르피자와 같은, 당대에 유행하던 기사도 문학 속 여주인공의 모습과 같았을 것이라고 술회하였다. 그녀는 무술과 음악, 시와 학문에서 재주를 보였을 뿐만 아니라, 뛰어난 미모를 지녔다고 알려진다. 리용을 여러 차례 찾았던 초기 르네상스의 대시인 클레망 마로*Clément Marot*는 "나는 루이즈를 찬양하지 않는 일은 할 수가 없네 / 그런데도 루이즈를 제대로 찬양하지는 못하네"라고 그 아름다움을 노래한 바 있다.

　루이즈 라베가 리용의 가장 높은 지적 그룹의 일원이 된 것은 당연한 일이었다. 당시 리용의 문화와 학술을 이끌던 대표자는 모리스 세브(Maurice Scève, 1500?-1560?)였다. 페트라르카*Francesco Petrarca*의 연인

로르의 무덤을 발견한 공적으로 유명해진 그는, 여성 신체의 아름다움을 부위별로 묘사한 시 블라종*blason*의 경쟁 시합에서 우승자로 선정되기도 하면서 이름을 떨쳤고, 리옹의 시인들에게 스승과도 같은 존재이자 구심점 역할을 했다. 그 문하에서 활동했던 인물 중 가장 유명한 이들이 페르네트 뒤 기예(Pernette du Guillet, 1520-1545), 루이즈 라베, 퐁튀스 드 티야르(Pontus du Tyard, 1521-1605) 등이다. 또한, 거기에는 루이즈 라베보다 더 높은 신분에 속했던, 후에 라베의 작품집을 출간할 때 헌정 서한을 받게 되는 클레망스 드 부르주(Clémence de Bourges, 1530?-1562)도 있었다. 페르네트 뒤 기예와 루이즈 라베, 그리고 클레망스 드 부르주는 '리옹의 사포 3인'으로 불리기도 했다.

모리스 세브의 가장 큰 목표는 페트라르카로부터 시작된 사랑의 시를 가장 높은 수준으로 완성하는 것이었다. 그는 1544년 449편의 10행시를 모아 『델리』라는 제목의 거대한 시집을 펴냈다. 리옹의 시인인 그는 리옹의 두 개의 강과 두 개의 언덕을 끌어들여 사랑의 영원함을 "론강과 손강이 갈라지기 전에는 / 내 마음이 그대에게서 떨어지지 않으리 / 이 산과 저 산이 합쳐지기 전에는 / 우리에게 불화 한 번 쌓이지 않으리"라고 노래하였다. 세브에게 있어 사랑의 추구는 곧 인간의 완전성을 추구하는 것이고, 사랑의 시를 쓴다는 것은 곧 그 완전함에 관한 철학적 탐구를 한다는 것을 뜻하였다. 하지만, 그것이 추상적인 개념의 놀이가 되지 않기 위해서는 그에게 영감을

불어넣어 주는 구체적이고 생생하게 존재하는 대상이 필요했다. 그는 그것을 제자였던 페르네트 뒤 기예에게서 찾았다.

페르네트 뒤 기예는 25세의 젊은 나이에 아깝게 죽은 여인이지만, 그녀가 남긴 70편의 시들은 그녀가 죽은 바로 그해에 사후 간행되었다. 스승인 세브의 시와 유사하게, 짧은 시 속에 농축된 내용을 담은 그녀의 시 역시 절대적인 사랑을 노래하면서, 어둠을 물리치는 햇빛과 같은 존재로 모리스 세브를 이상화한 것이었다. 스승과 제자 사이인 세브와 페르네트의 사랑은 그러나 플라토닉한 것이었다. 그들이 각자의 연애 시집에서 상대를 이상화한 것은 문학적 대화였고, 현실의 비도덕적 위반이 아닌 상상적인 가치의 극대화였던 까닭에 세인들에게 윤리적인 비난의 대상이 될 일이 아니었다.

그러나 루이즈 라베는 경우가 달랐다. 그녀는 아름다움과 재능으로 찬미를 받은 이상으로 격한 비난의 대상이 되었다. '아름다운 유녀 *la Belle Courtisane*'는 오랫동안 그녀에게 덧씌워진 오명을 대표하는 명칭이었다. '리용의 사포 *Sappho lyonniase*'라는 별명 역시 여류 시인으로서의 재능을 상찬할 때뿐만 아니라 동성애를 암시하며 비난하려고 할 때도 사용되었다. 당시 리용에 큰 영향을 미쳤던 개신교 지도자 장 칼뱅 역시 "그녀의 미모 때문에, 그리고 남편의 직업 때문에 미녀 밧줄 장사라고 불리는 저 저속한 유녀"라는 말로 비난에 합류했다. 이쯤 되면 곧 시작될 종교 전쟁의 불안한 조짐을 느끼면서도 카톨릭을 고수함으로써 칼뱅의 눈 밖에 난 그녀가 얼마나 큰 압박을 받아야 했을지 짐작하기조차 힘들다.

「엘레지」 제2가에 담은 고백으로 미루어 그녀는 16세에 첫사랑을 겪었을 것이다. 루이즈 라베의 초기 전기 작성자들은 1642년 리용에서 처음 대면하고 이어서 페르피냥 공성전에서 다시 만난 왕세자 앙리(훗날 국왕 앙리 2세)가 바로 그 대상이었다고 주장했지만, 그것은 이제 소설적인 상상에 불과한 것으로 치부되고 있을 뿐이다. 첫사랑의 대상은 알 수 없지만, 루이즈 라베가 사랑했던 사람으로 가장 인정을 받는 사람은 그녀보다 다섯 살 이상 연하의 시인 올리비에 드 마니*Olivier de Magny*이다. 플레야드 시파의 롱사르*Pierre de Ronsard*의 아류로서, 루이즈 라베에 비하면 범용한 시인이었던 마니와 루이즈 사이에는 문학적 교류의 증거가 될 만한 작품들이 남아 있고, 마니가 교황청 대사의 비서로서 로마에 가기 위해 리용을 경유하면서 여러 달 체류했을 때 서로 사랑에 빠졌을 가능성이 있기 때문이다. 그러나 그런 일들이 있기 전에 이미 올리비에 드 마니의 연애 시집 『사랑*Les Amours*』이 간행되었고, 거기 루이즈 라베의 흔적이 보인다는 점에서 이들의 관계가 정확히 언제 어떻게 형성된 것인지 알기는 힘들다. 한편 1559년에 마니는 경박하게도, 아마도 질투 때문에, 사랑했던 여인 루이즈와 그녀의 남편의 명예를 훼손하는 악의적인 시를 발표하여, '아름다운 유녀'라는 어두운 전설이 만들어지는 데 일조를 했다.

우리는 실체적 진실을 알기 힘들고, 그녀의 문학을 이해하는 데 전기적인 사실들을 확인하는 것이 필수적인 것도 아니다. 분명한 것은 라베의 시대에 그녀에게 덧씌워진 멍에가 다음 세기까지 전설을 형성하더니 19세기 이후로는 그 위력을 현저히 잃었다는 사실이다. 르네상스 당대에도 그 같은 비난만 횡행했던 것은 아니었고, 그 시대 최고의 지성들은 그녀에게 경의를 표하기를 주저하지 않았지만, 그 것은 부분적이었다.

여러 세기 동안 불명예를 겪어야 했던 그녀의 운명이 그 질곡을 벗어났을 때, 마침내 그녀는 다음과 같은 정당한 평가를 받을 수 있었다. 1900년에 페르디낭 브륀티에르는 이렇게 썼다.

"우리는 그녀에게서 오직 그녀의 시만을 챙기겠다. (……) 그녀가 누구를 사랑했다? 어떤 식으로 사랑했다? 그녀는 열정적으로 사랑했다, 이것이 우리가 말할 수 있는 전부이며, 우리나라 언어에서 정념이 그 같은 격렬함과 그 같은 순박함으로 사슬을 풀고 나와 표현된 것은 처음 있는 일이었다. 처음으로, 아직껏 세브의 『델리』 속에서 사랑을 감싸고 있던 베일이 찢어지고, 감정과 그 표현 사이에 그 어떤 알레고리도(그 어떤 문학적 고려도, 라고까지 말하고 싶어진다) 더 이상 끼어들지 않는 것이다."

『작품집』: 헌정 서한과 「광기와 사랑의 논쟁」

1555년 그녀의 『작품집』이 리용의 출판업자 장 드 투른*Jan de Tournes*에 의해 간행되었다. 그녀의 글을 볼 기회를 가졌던 지인들이 책으로 낼 것을 강권해서, 거기 이기지 못하고, 책이 나온 다음 느낄 수 있을 '창피의 절반'은 그들에게 감당하라고 협박하면서도, 끝내 거절하지 못했다는 것이 작품집 서문을 대신한 헌정 서한에서 밝힌 출간에 대한 그녀의 변명이다.

책은 서문 역할을 하는 「리용의 여인, 클레망스 드 부르주 아씨께*A M.C.D.B.L.*」라는 제목의 헌정 서한과 산문 대화편인 「광기와 사랑의 논쟁」, 그리고 운문인 「엘레지」, 「소네」를 모은 것이었다. 특이하게도 이 책은 「리용의 여인 루이즈 라베를 찬양하는 여러 시인들의 글」이라는 표제하에 송시 24편을 모아 일종의 부록처럼 책 끝부분에 덧붙여 수록했다. 게다가 그 송시 24편 앞에는 편집자가 쓴 「루이즈 라베의 시인들에게」라는 소네가 송시의 서시 구실을 하며 추가되었다. 더욱 독특한 것은 편집자의 서시를 포함한 25편의 저자들 이름이 표기되어 있지 않다는 점이다. 르네상스 시대 시집에서 동료 문인들의 축시가 여러 편 동반되어 실리는 경우가 드문 것은 아니었다. 그렇지만 루이즈 라베의 송시 모음이 보여 주는 규모와 질, 체계적 특징을 딴 데서는 찾을 수 없다. 송시들은 18세기와 19세기에 루이즈 라베의 『작품집』이 속간될 때에도 누락되지 않고 실리는 경우가 많았다. 세월을 거치면서 지금은 송시의 저자 대부분을 거의 추정하여, 클레망 마로와 모리스 세브를 위시한 당대 최고의 지성들이 너나없이 그 찬양에 참여하였음을 알 수 있다.

「리용의 여인, 클레망스 드 부르주 아씨께」라는 제목의 헌정 서한은 『작품집』의 서문에 해당한다. 르네상스 시기 최초의 판본들에서 이 글의 제목은 'A M.C.D.B.L.'이라는 약자로 적혀 있었다. 약자로 된 이 제목은 루이즈 라베의 주변에서는 의미가 알려져 있었겠지만, 일반인들에게는 해독하기 힘든 암호 같았을 것이다. 1762년 『아름다운 밧줄 장사라는 별명으로 불린 리용의 여인 루이즈 샤를리, 일명 라베의 작품집』이라는 제목으로 간행된 판본에서 그 암호가 정체를 드러낸다. 이 18세기 판본은 약자를 쓰지 않고 「A Mademoiselle Clémence de Bourges Lionnoize」, 즉 「리용의 여인, 클레망스 드 부르주 아씨께」라고 제목을 적었다.

클레망스 드 부르주는 귀족에 해당하는 리용의 최고위직 행정관의 딸이었던 까닭에 루이즈 라베가 자신보다 제법 나이가 어린 그녀를 오히려 후견인으로 삼았을 가능성이 높다. 또, 본인이 주장하는 여성의 각성과 과제라는 프로그램에 동참을 촉구할 수 있는 믿음직한 벗으로 생각한 것도 이유였을 것이다. 클레망스가 루이즈의 '내밀

한 친구'였다는 확인할 수 없는 소문도 있었던 것 같다. 20세기 초에 릴케는 『말테의 수기』 한 페이지에서 루이즈 라베를 어린 소녀 클레망스에게 소네를 바치면서 정념을 표현하는 여인으로 기술하였다. 그러나 릴케의 관점이 옳다고 받아들이기는 어렵다. 루이즈 라베가 『작품집』의 서문은 클레망스에게 바쳤지만 그 안에 실린 작품들에서 묘사하고 호소하는 사랑의 대상은 남성이 분명하기 때문이다.

루이즈 라베의 헌사는 클레망스에게 자신의 것보다 더 완성된 책을 내라는 문학적 권유로 끝을 맺는다. 그러나 클레망스는 30여 세의 나이로 죽었고, 남아 있는 작품은 없다.

헌정 서한의 원문은 장중한 문체의 장문으로 구성되었지만, 우리말로 옮기면서 그 긴 문장 탓에 의미를 전달하는 데 어려움이 따랐다. 따라서 몇몇 부분은 문장을 끊어서 옮겼다. 내용은 르네상스 시대에 여성들의 조건이 향상된 것을 발판 삼아 남성들의 전유물이었던, 존중받을 수 있는 학술과 예술 영역에 여성들이 나서자는 촉구로 시작한다. 이어서 그러한 문예가 명성과 영예뿐만 아니라 내적 즐거움을 준다는 학예의 자율적 가치를 드러내었고, 마지막에는 본인이 책을 펴내게 된 이유를 고백한다. 그녀는 자신의 책 출간이 클레망스와 같은 다른 여성을 자극해서 더 큰 결과를 내기를 바랐다.

「광기와 사랑의 논쟁」은 이번 번역에서 제외했다. 루이즈 라베의 시인으로서의 가치는 「소네」와 「엘레지」를 읽는 것으로 충분히 느낄 수 있고, 장르가 상이한 산문 대화편이 색다른 묘미를 느끼게 할 수는 있겠으나 그것은 시적 감동과는 다른 차원이라는 생각에서이다.

이 텍스트는 본디 라베의 『작품집』에서 가장 앞자리를 차지했다. 산문으로 쓰인 대화편으로서, 신화적 장치를 이용해 논리를 펼치는 일종의 철학서라고 할 수도 있다. 루이즈 라베는 '사랑'과 '광기'라는 두 심적 실체를 '사랑의 신'과 '광기의 신'으로 의인화해 스토리를 꾸민다. 두 신이 자신들의 권위를 내세우다 싸움을 벌이고, 그것을 정리하기 위해 그들 각자의 입장을 대변하는 아폴론과 머큐리가 변론에 나선다. 다섯 개의 담화로 구성되었으나, 첫 네 개는 길이가 퍽 짧고, 내용도 본격적인 변론 싸움을 준비하는 데 그친다. 다섯 번째 담화가 전체 길이의 4분의 3을 차지는데, 이 마지막 담화는 아폴론과 머큐리의 변론에 이어 주피터의 짧은 평결로 끝을 맺는다. 그중에서도 머큐리의 변론이 아폴론의 변론보다 두 배나 길다.

이 알레고리는 '사랑'과 '광기'가 제우스의 잔치에 도착하면서 벌어지는 싸움에서 시작된다. 가장 늦게 도착한 두 신이 순서 다툼을 하다가 자존심이 상한 '사랑의 신'이 '광기의 여신'에게 쏜 화살이 빗나가고, '광기의 여신'이 '사랑의 신'의 눈을 뽑아 버린 다음 '운명의 여신'에게서 얻어 두었던, 아무도 풀 수 없는 가리개를 씌워 버린다. '사랑의 신' 큐피드는 어머니 비너스에게 하소연을 하고 주피터에게 그 만행을 고발하지만, 주피터는 양자의 분쟁을 해결하기 위해 아폴론과 머큐리에게 각각 두 신을 대신해 토론을 벌이게끔 한다.

아폴론은, 사랑은 자연과 사회의 질서가 조화롭게 유지되도록 해주는 원천이라고 주장한다. 사랑한다는 것은 사랑받을 수 있는 존재로 자신을 만들어 나가는 것이며, 그런 자기 변화는 완벽을 추구하는 것과 같다는 주장이다. 그러나 머큐리는 인류의 문화는 오히려 광기가 작용함으로써 더 큰 진전을 가져왔다고 주장하며, '알렉산드로스가 제국을 건설하고, 예술가들이 뛰어난 작품을 만들어 낸 것은 광기의 산물이 아니고 무엇인가? 사랑해 주지 않는 상대의 마음을 얻으려면 우리는 그에 맞추어 비정상적인 노력을 기울여야 한다. 사랑받을 수 있으려면 사랑스러운 존재가 되어야 하고, 그것도 사랑하는 대상의 기호에 맞게 사랑스러워야 한다. 연인이 그대의 그런 모습을 원하지 않는다면 방향을 바꾸어 다른 흐름을 타야 한다. 이런 변화를 감수한다는 것은 진정 광기인가 아닌가? 크나큰 성취에는 위험조차 두려워하지 않는 무모한 용기가 작용한다. 누가 사랑에 빠졌다는 것은 그가 미쳤다는 것을 의미한다'는 논리를 펼친다.

두 변론을 청취한 다음 주피터는 판정을 미루되, 그동안 '사랑'과 '광기'는 사이좋게 지내라는 결정을 내린다. "아홉 세기의 세 곱에 다시 일곱을 곱한" 시간이 흐를 때까지 이 복잡한 사건의 결론을 연기하도록 하되, '광기'는 '눈먼 사랑'을 인도하고, "그가 원하는 대로 어디든지 그를 데리고 다니라"는 언도에서 '그가 원하는 대로'의 원문 'où bon lui semblera'는 '그녀가 원하는 대로'라고 해석할 수도 있어, 이 마지막 문장을 둘러싼 논란이 있어 왔다. 원문의 표현이 남녀 성을 구별하지 않고 대명사 여격을 사용하였기 때문이다.

『작품집』: 「엘레지」와 「소네」

「엘레지」와 「소네」에 대해서 해설을 하는 것은 오히려 작품을 읽는 묘미를 떨어트릴 수 있으므로 짧은 언급에 그치려 한다.

「엘레지」는 이야기를 전달하는 속성을 가진 장르이니만큼 루이즈 라베의 삶이 회고되는 내용이라는 점에서 조금 더 자전적 기록으로 읽을 수 있는 측면이 있다. 제1가와 제3가는 리옹의 숙녀들에게 보내는 사연을 기초로 한 것이고, 제2가는 두 달 동안 연락 없이 이탈리아를 돌아다니고 있으리라 짐작되는 연인에게 보내는 하소연을 내용으로 한다.

「소네」는 이야기 서술보다는 각 시편이 그 시적 상황의 완성에 더 치중하는 시이므로, 거기서 어떤 일관된 줄거리를 찾기는 힘들다. 19세기에 루이즈 라베의 판본을 펴낸 바 있는 샤를 부아*Charles Boy*는 다음과 같이 평한 바 있다.

"루이즈 라베의 소네들이 그들 사이에 아무런 연관이 없이 떨어져 나온 단편적인 조각들이 아니라는 것, 인쇄업자의 변덕스러운 상상이나 붓이 움직이는 대로 우연에 따라 배열된 것들이 아니라는 것을 내가 아는 한 어떤 평론가도 여태껏 언급한 바가 없다. 그 소네들은 각자 말라 없어지지 않는 사랑의 일화를 세밀화로 그리고, 그것을 모은 전체는 마치 카메오를 엮은 목걸이와 같은 것을 만든다. 그 카메오에 새겨진 조그만 형상들은 꿈, 갈망, 괴로움과 욕망 그리고 행복, 나아가 눈물, 회한과 비탄의 행렬이 이어지는 각성과 환멸을 그려 낸 것이다."

르네상스 시대 소네와 엘레지의 의미

소네와 엘레지는 우리에게 다소 생소할 수 있는 형식이므로 간단히 설명할 필요가 있겠다.

'소네'는 본디 이탈리아 시칠리아섬의 민요에서 기원했다고 알려진 시 형식으로, 어원은 '작은 노래'이다. 소네토(sonetto, 이탈리아어), 소네트(sonnet, 영어), 조네트(Sonett, 독일어) 등으로 불리며, 프랑스뿐만 아니라, 페트라르카에서 릴케에 이르기까지 유럽 근대 문학을 휩쓴 정형시이다. 페트라르카가 『노래집 Canzonniere』에 포함한 소네들이 바로 그 모델이 되었다. 프랑스에서는 16세기 초반 클레망 마로 와 멜랭 드 생슬레*Mellin de Saint-Gelais*가 처음으로 도입해서 자유 운문 이 자리 잡기 시작하는 20세기 초까지, 400년 동안 가장 많은 시인 이 가장 애용하는 형식이었다.

소네는 14행시라고 번역되기도 하지만, 14행으로 이루어진 시가 전부 소네가 되는 것은 아니다. 소네는 일단 연의 구조를 가져야 하는데, 4행 2연과 3행 2연, 이렇게 4연을 형성하는 것이 일반적이다. 각 연은 각운으로 호응하는 내적인 작은 구조를 완성하면서 네 개의 연이 모여 이루는 전체 구조에 통합된다.

소네는 긴 시에 속한다고 할 수 없다. 반면에 소네를 완성하기 위해 갖추어야 하는 조건들은 적지 않게 까다롭다. 보들레르를 비롯한 상징주의 시인들이 소네를 애용한 이유는 그들이 바로 그 까다로움을 좋은 시를 낳는 필요조건으로 보았기 때문이다. 구속을 많이 필요로 하는 형식이 오히려 걸작을 낳게 한다는 것이 그들의 시론에서 거듭된 주장이었다.

루이즈 라베는 플레야드 시파의 롱사르, 뒤벨레*Joachim du Bellay* 등과 함께 프랑스에서 처음으로 소네를 본격적으로 사용한 시인이다. 소네는 비교적 길이가 짧아 에피그램(épigramme, 단시)에 가까운 형식이라 할 수 있다. 일반적으로 단시는 12행 이하의 시를 가리키며, 그중에서도 8행시와 10행시가 대표적이었다. 이 작은 시들은 독립적인 시 한 편이 될 수도 있지만, 더 긴 시에서 한 개의 연으로 사용될 수도 있으며, 그때는 독립된 시가 아니라 한 시의 일부분이 된다.

프랑스 시학의 역사에서 단시에 높은 가치를 부여하며 완성을 지향했던 시인은 모리스 세브이다. 그는 10행시, 그것도 한 행이 10음절로 이루어진, 그래서 10 곱하기 10해서, 한 편이 100음절인 시를 추구했고, 그것을 가장 완성된 형식으로 믿었다. 그의 제자이자 연인이었던 페르네트 뒤 기예도 그 길을 성실히 추종했다.

그에 비하면 이탈리아 기원의 소네는 다소 불규칙하여 세브가 원했던 식의 완결성에서는 떨어진다고 할 수 있다. 그러나 프랑스와 이탈리아의 정형시 경쟁에서 승리한 것은 소네이다. 너무 짧은 단시에서 조금 벗어난, 약간의 변화가 들어서는 형식이 가지는 가변적이면서도 엄밀한 특성 때문이었을 것이다.

엘레지는 소네와 같은 근대 형식이 아니라, 고대 그리스·로마 시대부터 유행하던 장르이다. 누구의 죽음을 애도하거나 사랑의 상실을 한탄하는 두 가지 유형이 있어, 애가哀歌 또는 비가悲歌라고 할 수 있다. 호소하는 상대가 있는 까닭에 서한체의 형식일 경우가 많다. 사랑의 엘레지는 특히 오비디우스의 『여류 명사들의 서한 *Horoides*』이 기본 모델이 된다.

엘레지는 그리스 시대에 리듬 형식이 지정된 문학 양식이었으나,

서양의 근대 언어에 도입되었을 때는 그 고전적인 특질이 사라지고 하나의 장르로 변질된다. 일종의 넋두리를 진행하는 것이므로 길이에 제한이 없고, 연의 구조를 취하지 않는다. 각운이 있어도 가장 편한 배치, 즉 1행과 2행, 3행과 4행 등 연속하는 행들의 마지막 소리가 일치하면 되는 평운을 활용하므로 구속이 적은 형식이다. 따라서 소네로 대표되는 엄격한 정형시에 반해 느슨한 형식을 취하며, 어떤 사연을 이야기 형식으로 수용하는 서사적 특징이 있다.

　루이즈 라베 역시 「소네」의 장면들이 보여 주지 못한 사건의 흐름을 「엘레지」에서는 약하게나마 보여 준다. 그 이야기의 골자는 고집스레 버티다가 사랑에 빠졌으나, 믿었던 연인에게 버림을 받았다는 것이다. 루이즈 라베는 아프고 부끄러운 자신의 체험을 리용의 여인들에게 전하면서, 그렇게 힘들었던 사랑을 후회하기보다 서로의 짐을 나누며 함께 나아가자 말한다. 「엘레지 제2가」의 한 부분을 인용하면서 해설을 마친다.

　　　　이 시를 읽을 여인들이여,

　　　　나의 회한을 두고 나와 더불어 한숨지으라,

　　　　어쩌면, 어느 날, 나도 똑같이 해 줄 수 있으니.

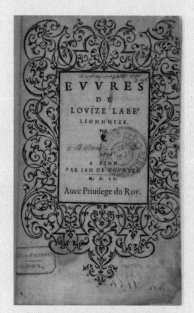

『리옹의 여인 루이즈 라베의 작품집』 초판본 표지

▌ 초판본

1555년 초판본의 서지정보는 다음과 같다.

Evvres de Louïze Labé Lionnoize, A Lion par Jan de Tournes. MDLV,
Avec Privilege du Roy, 1555, 173p.

『리용의 여인 루이즈 라베의 작품집』, 국왕의 특권을 받아 리용에서 장 드 투른 간행, 1555, 173쪽

이 초판본에 부여된 '국왕의 특권'이란 인쇄장인 장 드 투른에게 5년간 출판의 독점권을 인정한다는 내용을 골자로 한다. 그러나 '국왕의 특권'은 제대로 지켜지지 않아 해적판이 초판본 발행 첫해부터 나돌았다.

이 판본의 가장 큰 특색은 루이즈 라베의 작품만이 아니라 그녀에 대한 찬사들을 부록처럼 같이 묶어 출판했다는 점이다. 「리용의 여인 루이즈 라베를 찬양하는 여러 시인들의 글*Escriz de divers Poëtes, à la* *louenge de Louïze Labé Lionnoize*」이라는 제목을 붙여 24명의 문인들이 익명으로 쓴 여러 장르의 시들이 묶여 있다. 현재 그들의 이름은 대부분 밝혀졌으나, 몇몇 편은 여전히 정확하게 알 수 없다. 이 판본은 1555년에 두 차례 인쇄되었다.

▪재판본

1556년에 재판본이 간행되었으나 내용과 페이지 구성은 초판본과 차이가 없다.

현재 초판본과 재판본을 소장하고 있는 프랑스 국립도서관(BnF)의 갈리카 서비스(http://gallica.bnf.fr.)를 통해 영인본을 열람하거나 다운로드할 수 있다.

▪추가 판본

18세기, 1762년에 판본이 하나 추가된다.

Œuvres de Louise Charly Lyonnoize dite Labé, surnommée La Belle Cordière, Lyon: Chez les Frères Duplin, 1762

『아름다운 밧줄 장사라는 별명으로 불린 리용의 여인 루이즈 샤를리, 일명 라베의 작품집』, 리용: 뒤플랭 형제 출판사, 1762

■ 편집본

19세기에는 몇 개의 판본들이 간행되었다. 그중 중요한 것으로는
프로스페 블랑슈맹과 샤를 부아가 편집한 판본들이 있다.

Œuvres, éd. par Prosper Blanchemain, Paris: Librairie des Bibliophiles, 1875

『작품집』, 프로스페 블랑슈맹 편집, 파리: 애서가 서점, 1875

Œuvres, éd. par Charles Boy, Paris: Alphone Lemerre, 1887

『작품집』, 샤를 부아 편집, 파리: 알퐁스 르메르, 1887

■ 주석본

20세기 후반 르네상스 전문 연구가들인 엔조 주디치와 프랑수아
리골로에 의해 학술적 의미가 있는 비평적 주석본이 간행되었다.

Œuvres complètes, édition critique et commentée par Enzo Giudici, Coll.
T.L.F., Genève: Droz, 1981, 256p.

『전집』, 엔조 주디치의 비평적 주석판, 프랑스 문학 텍스트 총서, 주네브: 드
로 출판사, 1981, 256쪽

Œuvres complètes. Sonnets, Élégies, Débat de Folie et d'Amour, édition de
François Rigolot, Collection GF, Paris: Flammarion, 1986, 277p.

『전집: 소네, 엘레지, 광기와 사랑의 논쟁』, 프랑수아 리골로 편집, GF 총서,
파리: 플라마리옹, 1986, 277쪽

■ 플레야드 도서관 총서

2021년 〈플레야드 도서관 총서〉 시리즈로 루이즈 라베 전집이 출간된다.

Œuvres complètes, édition de Mireille Huchon, Bibliothèque de la Pléiade, Gallimard, 2021, 736p.

『전집』, 미레이류 위숑 편집, 플레야드 도서관 총서, 갈리마르, 2021, 736쪽

■ 영어 번역본

루이즈 라베 작품의 영어 번역은 16세기 로버트 그린에 의해 「광기와 사랑의 논쟁」이 축약 번역된 데서 시작되었다.

The Debate between Follie and Love, translated out of French by Robert Greene, London: Ponsonby, 1584

『광기와 사랑의 논쟁』, 프랑스어 로버트 그린 번역, 런던: 폰슨바이, 1584

본격적인 번역은 20세기 들어서 이루어졌다.

The Debate between Folly and Cupid, Written by Louise Labé about 1550 and now first completely done into English by Edwin Mario Cox, London: Williams and Nogate, 1925

『광기와 사랑의 논쟁』, 1550년경 루이즈 라베가 썼으며 에드윈 마리오 콕스가 이제 처음으로 영어로 완역함, 런던: 윌리엄즈 앤 노게이트, 1925

20세기 후반에 이르러 시집과 전집이 활발히 번역되어 간행되었다. 그중 대표적인 두 가지만 소개한다.

Louise Labé's Complete Works, Translated and edited by Edith R. Farrel, Troy, N.Y. : Whitston Pub. Co., 1986

『루이즈 라베 전집』, 에디스 R. 페럴 번역 및 편집, 뉴욕주 트로이: 휫스턴출판사, 1986

Complete Poetry and Prose, a bilingual edition, translated by Deborah Lesko Baker and Annie Finch, Chicago & London: University of Chicago Press, 2006

『시 산문 전집』, 불영 대역판, 데보라 레스코 베이커, 애니 핀치 번역, 시카고 및 런던: 시카고 대학교 출판부, 2006

■ 독일어 번역본

1917년, 라이너 마리아 릴케는 「소네」를 독일어로 번역하여 간행하였다.

Die vierundzwanzig Sonette, Übertr. Rainer Maria Rilke, Leipzig: Insel-Bücherei, 1917

『스물네 편의 소네』, 라이너 마리아 릴케 번역, 라이프치히: 인젤 출판사, 1917

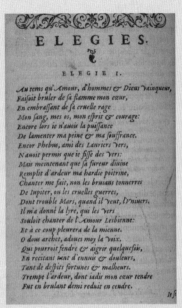

1555년 초판본 중 「소네」의 한 페이지

1555년 초판본 중 「엘레지」의 한 페이지

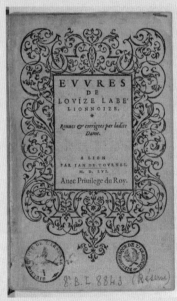

1556년 재판본 표지

1762년 판본 표지

1762년 판본 속표지 삽화

DÉBAT
DE FOLIE ET D'AMOUR.

DISCOURS I.

FOLIE.

A Ce que ie voy, ie feray la derniere au feftin de Iupiter, ou ie croy que lon m'attent. Mais ie voy, ce me femble, le fils de Venus, qui y va auffi tart que moy. Il faut que ie le paffe: à fin que lon ne m'apelle tardiue & pareffeufe.

A

1762년 판본 중 「광기와 사랑의 논쟁」의 한 페이지

ŒUVRES

DE

LOUISE LABÉ

Publiées avec une Étude et des Notes

PAR

PROSPER BLANCHEMAIN

PARIS
LIBRAIRIE DES BIBLIOPHILES
RUE SAINT-HONORÉ, 338

M DCCC LXXV.

1875년 판본 표지

ŒUVRES
DE

LOUISE LABÉ

PUBLIÉES
PAR

CHARLES BOY

I

Œuvres de Louise Labé.
Bibliographie. — Notes et Variantes.

PARIS
ALPHONSE LEMERRE, ÉDITEUR
27-31, PASSAGE CHOISEUL, 27-31

M DCCC LXXXVII

1887년 판본 표지

참고 문헌

다음은 20세기 후반부터 활발하게 이루어진 루이즈 라베 연구의 성과를 담은 대표적인 문헌들의 목록이다.

Giudici, Enzo, *Louise Labé e l'École lyonnaise, studi e ricerche con documenti inediti*, avant-propos de Jean Tricou, Naples: Liguori Editore, 1964

Giudici, Enzo, *Louise Labé*, Paris: Nizet, 1981

Pédron, François, *Louise Labé : La femme d'amour*, Fayard, 1984

Berriot, Karine, *Louise Labé. La Belle Rebelle et le François nouveau*, suivi des Œuvres complètes, Paris: Seuil, 1985

Rigolot, François, *Louise Labé Lyonnaise ou la Renaissance au féminin*, Paris: Champion, 1997

Martin, Daniel, *Signe(s) d'amante. L'agencement des Evvres de Louïze Labé Lionnoize*, Paris: Champion, 1999

Lazard, Madeleine, *Louise Labé*, Paris: Fayard, 2004

Martin, Daniel et Garnier-Mathez, Isabelle, *Louise Labé. Debat de Folie et d'Amour, Elegies, Sonnets*, Neuilly: Atlande, 2004

Huchon, Mireille, *Louise Labé, une créature de papier*, Genève: Librairie Droz, 2006

Locatelli, Michel, *Je suis... Louise Labé*, Lyon: Jacques André éditeur, 2011

루이즈 라베 연보

루이즈 라베의 진본 초상, 동판화,
피에르 보에이리오 작, 1555,
프랑스 국립도서관 판화실 소장

루이즈 라베의 출생연도는 한동안 1524년이나 1525년 혹은 1526년
으로 알려졌고, 지금도 1524년으로 인정하는 경우가 대부분이다. 20
세기 중반에 이르러 리용의 고문서를 연구한 학자들은 루이즈 라베가
피에르 샤를리의 두 번째 부인 에티에네트의 소생이며, 1523년 이전
에 태어났을 것으로 추정한다. 그러나 에티에네트가 1524년에 죽었
을 가능성도 배제할 수 없어, 루이즈 라베가 1524년에 태어났다는 주
장이 완전히 배척되는 것은 아니다.

생모 사후 루이즈 라베는 '라 데제르트 수녀원'에서 운영하는 학교에
서 교육받고, 경제적으로 넉넉해진 아버지 피에르가 초빙한 리용의 인
문학자에게도 배웠을 것으로 추정된다.

1493년 무렵

- 밧줄 제작 견습공인 피에르 샤를리가 리용의 밧줄 장인 자크 엉베르, 일명 '라베'의 과부인 기으메트 드퀴셰르무아와 결혼.

1514년 무렵

- 기으메트 사망. 피에르는 아르브르섹 거리에 3층 가옥과 정원을 거느린 공방을 소유하고 '라베'를 성으로 사용함. 이는 공방을 승계한 데 따른 것으로 보임.

1515년 무렵

- 첫 부인 기으메트가 사망하자 피에르는 또 다른 밧줄 장인의 과부 에티에네트 루아베와 재혼.

1516-1523(1524)년

- 피에르와 에티에네트의 다섯 자녀 출생.
  (아들 : 바르텔레미, 프랑수아, 마티외 / 딸 : 클로딘, 루이즈)

1523(1524)년

- 에티에네트 사망.

1527년 이전

- 피에르는 60세가 넘은 나이에 정육업자의 딸인 젊은 앙투아네트

타이야르와 세 번째 결혼. 이들 사이에 두 자녀 출생.

1532 또는 1533년

- 클레망스 드 부르주 출생.

클레망스 드 부르주 흉상,
장 마틀랭 작, 1898

1542년

- 루이즈 라베의 초기 전기 작가들에 의하면 남성 복장으로
  페르피냥 공성전과 마상 시합에 참가했다고 하며, '캡틴
  루이즈'라는 별명으로 불렸다고 함. 오빠 프랑수아가 검술과
  승마를 가르쳐 주었을 것으로 추정됨.

『델리』 초판본 표지

1544년

- 모리스 세브의 시집 『델리』가
  리용에서 출간됨.

1543-1545년

- 부유한 밧줄 장인이자 아버지의 친구였던 에느몽 페렝과 결혼.
  남편과는 20세 이상 나이 차이가 있었음.

1545년

- 페르네트 뒤 기예의 시집 『운율』이
  사후 출간됨.

『운율』 초판본 표지

1548년

- 산문 「광기와 사랑의 논쟁」의 집필을 시작한 때로 추정.
- 9월 23일, 국왕 앙리 2세와 왕비 카트린 드 메디시스가 리옹에
  입성한 것을 기념하는 성대한 축제가 열려 오빠 프랑수아가
  무예 연희에서 활약하고, 아버지는 해군 연희를 위한 물품을
  조달함. 행사의 총기획자는 모리스 세브였으며, 클레망스 드
  부르주는 스피네트를 왕 앞에서 연주했다고 함.

1548-1551년 사이

- 아버지 피에르 샤를리 사망. 오빠 프랑수아가 가장으로서
  부친의 지위를 승계함.

1551년

- 루이즈 라베 부부, 오늘날의 벨쿠르 광장 근처에 정원이 딸린
  가옥 매입. 루이즈 라베는 집 안에 큰 규모의 서재를 갖추고,
  모리스 세브를 비롯한 리옹의 명사들과 만나는 장소로 활용함.

1552년

- 소네 집필 시작.

1553?-1558년 8월

- 오빠 프랑수아와 계모 앙투아네트 사이에서 유산을 둘러싼
  분쟁과 소송 발생.

1553년

- 올리비에 드 마니의 시집 『사랑 *Les Amours*』 출간. 루이즈 라베의
  것으로 추정되는 소네 한 편이 권두에 수록되어 있음.

1554년

- 올리비에 드 마니가 장 다방송의 비서로서 이탈리아로 가는
  길에 리용에 체류함.

1555년

- 3월 13일, 작품집 간행을 위한 출판독점권을 보호하는 특권을
  국왕에게 요청하여 받음.
- 7월 24일, 작품집 서문을 대신하여 클레망스 드 부르주에게 바친
  헌정 서한의 서명에 표기된 날짜임.
- 8월 12일, 인쇄업자 장 드 투른을 통해 『리용의 여인 루이즈
  라베의 작품집』 초판본 출간.

1556년

- 『리용의 여인 루이즈 라베의 작품집』재판본 출간.

1557년

- 루이즈 라베의 품행을 비방하는 노래가 만들어져 유포됨.
- 9월, 루이즈 라베 부부, 리용에서 20킬로미터 떨어진 파르시외에 전원주택을 비롯한 부동산 매입.

1555-1557년

- 남편 에느몽 페랭 사망.

1559년

- 비슷한 이름을 사용하여 라베의 남편을 향한 모욕적인 조롱을 담은 시 「에몽 님께 바치는 오드」가 포함된 올리비에 드 마니의 시집 『오드 *Les Odes*』출간.

1560년

- 칼뱅이 루이즈 라베의 행실에 관한 소문을 듣고 '저속한 유녀' 라고 비난함.

1561년

- 올리비에 드 마니 사망.

1562년

- 종교 전쟁이 시작되어 신교도들이 리용 점령. 가족들은 신교로 개종하기도 했으나 루이즈 라베는 가톨릭을 고수함.
- 클레망스 드 부르주 사망.
- 모리스 세브의 시집 『소우주*Microcosme*』 출간.

1564년

- 리용에 페스트가 번져 친구들이 죽거나 흩어짐.

1565년

- 병을 얻음. 8년 전부터 밀접한 관계였던 피렌체 출신 은행가 토마 포르탱(포르티니)의 집에서 치료 시작.
- 4월 28일, 병상에서 유언 구술. 자선 단체와 조카들에게 유산을 남김.

1566

- 4월 25일, 루이즈 라베 사망. 파르시외의 본인 영지에 묻힘.

루이즈 라베 흉상, 브론즈,
장조제프마리 카리에스(1855-1894) 작

올리비에 드 마니의 시집 「사랑」의 삽화, 목판화,
'라 카스티이니르'의 모습으로 소개되었으나
루이즈 라베의 모습일 것으로 추정됨, 1553

잔 다르크 모습의 루이즈 라베,
니콜라 당시오 작, 16세기

리용 시청에 있는 루이즈 라베 조각상,
프랑수아앙드레 클레망생(1878-1950) 작

프랑스 우정국에서 발매한 우표에 그려진 루이즈 라베,
2016

루이즈 라베 흉상,
푸아야티에 드니 작, 1917

루이즈 라베 시집

사랑은 쉴 새 없이
나를 다르게 이끌어

루이즈 라베 글 | 최 민 옮김

초판 1쇄 펴냄 2023년 8월 30일

펴낸이 박종암 | 펴낸곳 도서출판 르네상스
출판등록 제 2020-000003호
주소 전라남도 구례군 구례읍 학교길 106, 201호
전화 061-783-2751 | 팩스 031-629-5347 | 전자우편 rene411@naver.com

책임편집 김태희 | 디자인 아르떼203
함께하는 곳 두성피앤엘, 월드페이퍼, 도서유통 천리마

ISBN 978-89-90828-99-6   03860